琥珀之秋，0秒之旅

八目 迷　illust.くっか

character
登場人物

麥野茅人
主角，東京的高中生，
參加修學旅行來到函館。

井熊光
住在函館的女高中生
兼不良少女。

第一章

十一點十四分三十六秒

好丟臉，好想死。

我一邊走，腦子冒出這兩個念頭，還越來越強烈。

函館和東京相比，空氣顯得凜冽、緊繃。一踏進建築物的陰影下，寒冷登時化作一層膜，裹住皮膚。這裡天氣之冷，讓人忘記現在還是十月下旬。戶外冷得讓人哆嗦，我的腋下卻流了不少汗，手汗也很嚴重。原因是，我現在處境非常尷尬。

四個男生並肩走在我前面。他們填滿人行道的空間，聊得十分愉快。他們人人套著大衣、羽絨外套，外套底下穿著和我一樣的學校制服。他們是我的同班同學，在這次修學旅行，他們也和我同一組。但是我已經整整三十分鐘，一句話也沒說。

一開始，我走在距離他們一步遠的位置，偶爾應話，假裝自己參與小組的話題。但我越回，越覺得空虛，一步之遙拉長到兩公尺遠，現在更放棄去聽其他組員的對話。

其他四人在學校感情很好。午休時間，我常常看他們四個湊在一起吃午餐。我從來沒加入過他們的圈子，幾乎沒跟他們說過話，更別說，我這次是第一次和他們一起行動。這狀況逼著我體認到，自己之於他們，只是個異物。

我不由得深切地心想，自己果然不該參加修學旅行。

「麥野同學，你也這麼覺得對吧？」

「咦？」

我的視線本來固定在斜下方，聞言，抬起了頭。前方的一個男生回頭看向我。是同班的永井同學。

我急忙和永井同學等人拉近距離。

「啊……不、不好意思，你們在說什麼？」

「哈哈，幹麼說『不好意思』？對我們不用這麼客氣啦。」

永井同學哈哈笑道，其他組員也配合著笑了。我不覺得他們的笑有惡意，但我的臉還是一陣熱。

「我們在說，難得來一趟北海道，應該要挑冬天來，怎麼會選秋天咧？現在又看不到雪。麥野同學，你想看雪嗎？」

「沒有，我沒那麼想看……」

「真的喔？你怕冷？」

「我、我應該算，還好。」

「是喔，還好啊。」

永井同學笑了笑，看似有點傷腦筋。

我心想，自己讓他多費心了。

永井同學人很好。修學旅行分組的時候，只有我多出來。永井同學當時很善良，老師拜託他讓我入組，他臉上沒有不情願，直接答應，其他組員也沒有意見。我真是有一群好同學，跟國中的時候完全不一樣。

不過，別人太善待我，還是讓我有點難熬。

一名西裝打扮的男人從前方走來，永井同學一行人空出走道。越接近函館車站，人變得越多。我本來以為北海道的人都不怕冷，結果路人都跟我們一樣，包得很緊。

「永井，吃完午飯，要不要去看看函館的安利美特？」

其他組員問了永井。

「嗄啊，都來北海道了，有必要去連鎖動漫商店嗎？」

「每個地區的安利美特有自己的特色啊。」

「有嗎？是說函館的安利美特在哪裡？」

「在五稜郭公園對面。」

「那我們參觀過五稜郭之後再繞過去吧。」

永井看向我。

「麥野同學，你有想去的地方嗎？」

「啊，沒有，我沒特別想看什麼。」

「好喔。」

他回得很簡短。

我突然很內疚。我沒有想去的景點，還是該隨便說幾個地點。難得永井同學帶話題給我，我應該努力讓氣氛嗨一點。現階段，我在這個小組裡只是累贅。

我很討厭跟別人說話，但我還是要說點什麼。

我邊走邊思索話題。意識聚焦在內心，反而更容易察覺外界的聲音。汽車的聲音，說話聲，烏鴉鳴叫，路面電車通過的聲響，風聲，風吹落葉片，落葉滑過人行道的沙沙聲。

上午十一點的函館，充滿各種繁雜聲響。每一種聲響都很細微，我一旦察覺那些聲響，思考的系統資源頓時轉去辨識雜音。宛如一隻小螳螂在我的腦袋裡揮臂，拉扯腦漿。

沒辦法統整思緒……

焦躁壓迫著我，我不自覺把玩起自己的瀏海。瀏海已經長到眼前，我每做一個動作，髮根就會撥動睫毛，很煩人。但我不喜歡讓別人剪頭髮，只好維持現狀。

一行人朝著車站走了一陣子，碰到紅燈。我們停下腳步，等待號誌轉綠。

「是說，麥野同學啊。」

永井同學望著我說。他要說什麼？我的念頭剛起——

「你還真敢來修學旅行耶。」

他接著說出這句話。

我腦中的思緒登時不翼而飛，感覺自己全身唰地發白，毫無血色。

永井的話在腦內迴盪。你還真敢來修學旅行耶。

「呃、這個……哈哈……」

我說不出話，只能勉強乾笑幾聲。

永井同學疑惑地蹙眉，似乎不懂我為何而笑。過了一陣子，他的表情像是貼上了三個字「完蛋了」。

「不是，我不是想刺激你！因為你不太來學校，要來參加修學旅行，一定很需要勇氣。換作是我，我可能不太敢來……那個，對不起，是我不會說話，讓你誤會了。」

他的解釋完全沒緩和氣氛，反而用力挖攪我的內心。但我知道永井同學沒有惡意，而且我也有同感。我在巴士裡、飛機裡，甚至到了函館，我都反問自己無數次。我為什麼會在這裡？

「怎麼了？你幹麼道歉？」

其他組員看著我跟永井同學。另一個組員追問：「出了什麼事？」

氣氛有點緊張。

這不太妙。先不提永井同學說了什麼，他只是顧慮我，主動找我說話，所以我應該出面袒護他。在號誌轉綠之前，趕快結束這個話題。

「那個。」我高聲說：

「永井同學、他沒有錯，只是他說話……有一點讓人誤會。所以……就沒什麼事。」

我說完，不由得喘了口氣。我只是說多一點話，就覺得累。

永井同學面露安心。其他三人知道只是小事，放鬆了神情。太好了，他們給了我預料中的反應。

「別在意，永井這傢伙就是這樣，有時候說話不帶腦袋。」

「對啊，講話有夠直。」

「永井對誰都會亂講話。麥野同學也不要顧慮太多，直接提醒他。」

三人笑成一團。「你們喔……」永井見狀，一臉無奈，但也不反駁三人，伸手戳了戳其中一個組員。「喂、不要戳！」被戳的人說著，扭著身體。笑聲變成了四人份。彷彿將「朋友」這兩個字，化作肉眼可見的景象。

他們感情真的很好。我直覺地覺得感動，但這感動如同欣賞一群企鵝相處和睦，離我很遙遠。我實在無法想像自己加入永井同學的圈子。這讓我莫名心生悲哀。

我已經質疑自己無數次，相同的問題又一次湧上心頭。

我到底是為了什麼，才來到這地方——

「齁呦，麥野同學知道怎麼做，不用你們說啦。而且，我跟他已經是朋友了。」

永井同學的手，輕輕搭上我的肩膀。

就在這瞬間——

我伸出雙手，推開永井同學。

永井同學跌坐在地。

氣氛頓時凝結。

頭頂上的紅綠燈發出『布穀、布穀』有聲號誌的聲響。行人從我們身旁走過，其中有幾個人狐疑地瞥了我們一眼，但又裝作若無其事，往前走去。

「好痛……」

永井同學低喊著痛。

一個組員瞪向我。

「喂、你做什麼！」

我這時才赫然回神。

同一時間，後悔與罪惡感席捲了我。我動手了！腦中頓時刷白，什麼也無法思考。我不知道該怎麼處理眼前的狀況。我的手上、肩膀殘留鮮明的觸感，不停拉扯我的注意力。

永井同學扶著其他組員的手，站起身來，望著我，內疚地笑了。

「抱歉，是我太愛裝熟。我有時候會抓不到跟別人的距離……我以後會小心。」

「啊、不是……那個，我——」

我有很多話想說，想好好道歉、想解釋原因、想告訴永井同學，我不是敵視他。但是我什麼也沒說，雜亂的話語堵住喉嚨，阻卻了聲音。

我還在支支吾吾，永井同學說了句「走吧」，帶著其他組員跨過穿越道。

其中一個組員還在瞪我，不過他馬上轉頭面向前方，還語中帶刺地說：「那傢伙搞什麼。」那語中刺彷彿化作粗釘，一字一字，狠狠貫穿我的軀幹。

號誌開始一點一滅。我閉上嘴，跟在他們身後，再次拉遠了兩公尺。

從我懂事開始，我的人生就如同電流急急棒。

我不敢讓別人碰。

沒有原因，就像有人討厭刮黑板、鐵與鐵的摩擦聲，我本能性、從生理上就討厭別人觸摸。我不敢接近人群，也不敢去理髮廳。我都滿十七歲了，還只能給母親剪頭髮。光是活在世上，就羞恥不已。

級任導師說服我，說人一輩子就只有一次高中的修學旅行，我才來參加。是我錯了，我這輩子都不需要這種經驗。修學旅行為什麼不乾脆停辦？

不，不對。

是我根本不該來參加。

「對不起……」

我走著，朝永井同學的背後道歉。但是，歉意無處可去。我的音量不足以讓人聽見，這也難免。我這點努力只是狡詐，想減少自己的罪惡感，我根本沒勇氣直接向他道歉。

我害怕跟他人建立關係。

忽然間，眼底感覺一陣熱燙。我按著眉頭，仰望天空。緊接著，飛機滑入視野。只見飛機拖著白線，筆直飛過湛藍晴空。

腦子起了念頭，我不如回家好了。跟老師說我身體不舒服，也許有辦法回東京。不對，沒辦法。學校一定早就訂好回程機票，老師只會叫我在飯店休息。不過一個人留在飯店，也比現在好太多了。我再繼續跟小組一起行動，只會破壞氣氛。那我乾脆裝病離開……

唉，我又光想著逃跑。

這樣不行，老師也說過，只會逃避，沒辦法解決問題。所以我才來參加修學旅行。

我搖了搖頭，望向前方。

別再想了。把情緒收進心裡，整個人化作空氣，撐過這段時間。修學旅行才剛開始，之後還要去登別、札幌、小樽，我不能在這裡氣餒。總之，我只能忍下去。

當我下定決心，下一秒——

嗡————寂靜，發出了聲響。

我停下腳步。

「咦？」

自己發出的聲音，大得令我詫異。

——不對，不是我的聲音變大。

是周遭太安靜。

所有的一切——

一切，靜止了。

永井同學一行人、其他行人、汽車，全都僵住不動，時間靜止了似的。而且，現在安靜得不可思議。直到方才，城市還滿溢喧囂，如今聲響全都消失不見。

「——咦、這……怎麼會？」

我的自言自語，莫名清晰。不只是我的聲音，呼吸聲，身體移動時的衣物摩擦聲，運動鞋底磨過地面的聲響。多虧這股異常的寧靜，平時不會注意的細碎聲響變得更加清晰。

這是什麼？發生了什麼事？是整人節目？是某種快閃表演？還是我不小心捲進某人的驚喜活動？但這未免太大陣仗，或者說太用心……已經超出人類的能力範疇。

「喂……喂。」

我心一橫，出聲喊了永井同學。這次確實發出旁人聽得到的音量。但是不只永井同學，所有人都沒反應。

我走過永井同學身前，來到他的正面。

他們像是一尊尊製作精美的假人。永井同學整個人固定在跟組員談笑的時刻。仔細一瞧，他的笑臉帶了點陰影。一想到原因可能出在我身上，我就免不了心痛。

我這次怯生生地伸手，在永井同學的臉前揮了揮。眼球沒有一點轉動跡象，毫無反應。

這時，永井同學右手腕的手錶進入我的視線範圍。我看了看錶面，連秒針都放棄前進。時間停在十一點十四分三十六秒。這並不是譬喻或修飾，時間真的停止了。

我環顧四周，查看有沒有東西還在移動。想當然耳，一切停止動作。行走在街道中央的路面電車，店面的跑馬燈，甚至連雲朵都——

「哇。」

烏鴉展開雙翅，固定在空中。

比烏鴉更高的上空，飛機原本直線前進，也一樣靜止了。眼前的景象無視物理定律，我只能傻愣愣地張著嘴，僵在原地。

——這是夢？

我在作夢嗎？

我捏了捏臉頰。沒想到自己會選擇這麼老套的確認方法。正如眾多虛構作品的描述，捏了臉頰，一切仍然沒有變化。

「啊、對、對了。」

我從大衣右邊的口袋拿出智慧型手機。按下按鈕，顯示手機桌面。不論如何，總之看到自己以外的東西會動……或者說有反應，我就鬆了口氣。不過我明明站在市中心，網路卻顯示為服務範圍外。手機連不上網，就沒用處了。

我不斷操作手機，像要抓住救命稻草，但依舊連不上網。我換個地方看看，還是收不到訊號，只好放棄掙扎，把手機收回口袋。

嘰——耳邊傳來些微耳鳴聲。

我心想，四周太過安靜，反而好吵。日常生活應該要有聲音。不論深夜、清晨，某處總會傳來大大小小的聲響。然而，那些聲響全消失了，只剩下我製造的聲音。無聲的環境令人煩悶，可能就如同水手站在陸地，反而感覺搖搖晃晃。我喜歡安靜，但置身於完全無聲的現在，我實在坐立不安。

到底發生了什麼事？正當我不知所措的時候，遠方傳來聲音。

我心裡一驚，聚神傾聽。

——有人在嗎！

是人的聲音。

而且聽起來是女生。

「有……在！」

我盡可能大聲回答，接著朝聲音源頭跑去。那方向是車站。我閃避路人，沿著人行道前進。寂靜的街道上，只剩下我自己的腳步聲。

我走到半路，碰到紅燈。我下意識停下腳步，沒多久就發現燈號不會轉綠，又邁步奔跑。右方車道的來車停在穿越道上，我從車後繞過去，以免時間突然流動，害我被撞。

函館車站漸漸出現在眼前。車站牆面鑲著大時鐘，指針和永井同學的手錶一樣，指著十一點十四分。車站前方的廣場處處可見人影，但除了其中一人，所有人都停止動作。

沒錯，有一個人。

一個女人站在廣場，不安地左顧右盼。

她在動！

我在內心吶喊。不只我被排除在時間潮流外。我放下心，漸漸放慢腳步，那個女人也發覺了我。

女人轉過身，膝上的百褶裙隨之搖擺。她年紀看似跟我差不多，身上套著連帽棒球外套。那女生染了金髮，頭頂已經長出原本的黑髮，有點像不良少女。我讀的學校沒看過這類型的女孩。

女生一見到我，隨即面露戒心。她下意識壓低姿勢，雙手從腰間舉起，像在提防什麼。我感受到對方的抗拒，便在離她三、四公尺處停下腳步。

「你誰啊？」

女生說道。她語帶威脅，而且剛打照面就是一句「你」。她凶狠的態度嚇退了我。

「呃……我、我叫，麥野茅人。」

我自報姓名，女生狐疑地瞧著我全身上下。她的眼神惡狠狠的，像是一個人整晚沒睡，渾身帶刺。

「你住這附近？」

「不是，我住東京……來參加修學旅行。」

「是喔。」

她提防著我，同時目光環顧周遭。她沒有看回我身上，直接問道：「這是什麼？」

「妳是說、什麼？」

「為什麼都停住了？」

「不知道……我也不清楚原因。」

「——嘖！」

她嘖了一聲。

那女生的態度太赤裸裸，我大受打擊。我知道現在狀況特殊，對方很難冷靜，但我還是有點沮喪。

她還在四處張望。我不太敢再主動搭話，重新觀察這個女孩。

仔細一看，棒球外套底下穿著制服，應該是當地學校的制服。制服是常見的學生西裝外套，沒有配領帶或領結。髮絲之間露出耳朵，看得見耳環。

我忽然開始緊張。我本來就不太想接近這種打扮時髦的人，更別說她又凶巴巴的。她大概也不想靠近我這種陰沉的人。要不是落入這種莫名其妙的情況，我們不可能有交集。

這時，一個疑問油然而生。

為什麼在這個世界，只有我跟她能活動？

還是說，也有其他人能活動，只是不在附近——？

「喂，你看屁啊？」

女孩察覺我的目光，惡狠狠地瞪過來。「不、不好意思。」我急忙道歉，把目光往下移。緊接著，女孩主動靠近，端詳我的臉。

「你幾歲？」

「我、我今年十七歲。」

「居然跟我同年，我還以為你是國中生。」

「國中生……」

又一次打擊，而且跟剛才被噴的時候一樣大。別人覺得我長得很娃娃臉？或者要怪我太畏縮？總之，我知道對方跟我同年，就先不用說話畢恭畢敬的了。

我很怕這個女生，但我有很多事想問她。

「我、我問妳喔。」

「幹麼？」

對方的回答仍充滿不耐煩。我深深感受到，自己果然不喜歡別人擺出這種口氣。

「那個、我可以問妳叫做什麼名字嗎……？」

我怯怯地問道。她遲疑了一陣子──

「井熊，我叫井熊光。」

接著冷漠地自報姓名。

「井熊……妳是函館人？」

「對，是又怎樣？」

「那個，我只是想說，函館是不是常常有這種事……」

「這種事？」

「就是，時間停住。」

井熊登時橫眉豎目。

「你當我智障嗎？這裡的時間怎麼可能像電車，說停就停？」

「也、也對，對不起……」

「你再給我鬼扯，小心我宰了你。」

我畏畏縮縮地道歉。太可怕了，她何必這麼生氣？我心裡想著，但沒膽子回嘴。

井熊把瀏海往後撥，大嘆一口氣。

「是說，到底為什麼會變成這樣子，你都沒有線索嗎？外面太安靜，害我頭痛……」

「當、當然沒有。我走在路上，忽然間大家都僵住……井熊妳呢？」

「我當然不可能有發現啊。」

井熊語氣聽來膽大包天，剛才這句話卻聽起來莫名軟弱。也許她態度凶狠，只是出自內心的不安。

「咦？」

我這時察覺一件事。

「井熊，妳是當地人……對不對？」

「我剛才說過了，我是啊。」

「不是，今天是平日……妳怎麼會在這裡？」

今天是星期二。我來參加修學旅行，當然不會待在學校。但井熊跟我不一樣，假如是學校停課，她不會穿制服，但看現在的時間，她也不可能是去上學或剛放學。這樣一來，她應該是蹺課了？

「——關你什麼事。」

她答得很冷漠。我們才剛遇見沒多久，感覺她已經討厭我了。但希望只是我們個性不合，不是因為我做錯什麼事。

「你之後要做什麼？」

這次是井熊提了問。

我煩惱了幾秒，說：「總之——」

「我覺得，只能查清楚、時間為什麼停止了……」

「怎麼查？」

「這個……我還沒想到。」

「——真沒用。」

她說話好過分。

井熊猛地轉過身。

「妳、妳要去哪裡？」

「我要去找其他能活動的人，你愛做什麼隨你。」

「咦？可、可是……」

眼下狀況太過異常，最好避免獨自行動。不知道還會發生什麼事。而且，我也想再跟井熊交換更多情報。

可是，我沒能阻止井熊。她明知道我想說話，卻無視我，直接走進市區。我一下子就看不見她的背影。腳步聲也漸漸遠去，附近再次陷入奇異無比的寂靜。

假如我夠堅定，我可以硬把井熊喊回來。我沒行動，也許是因為我不太想接近她。我不覺得自己能跟她好好相處。

我愣愣地站在函館車站前方。

事到如今，我只好一個人行動，這麼做也比較輕鬆。

「該怎麼辦……」

我剛才說想查出時間停止的原因，問題是怎麼找。我完全想不透，究竟該從哪裡開始查？時間靜止的現象——姑且稱之為「暫停現象」。暫停現象來得太過突然，毫無預兆。所有事物僵直不動，彷彿神明按下世界的暫停鍵，又像是被關進巨大的透視模型。

——簡直像是被關起來。

我發覺這股異狀的真面目，把注意力轉向全身皮膚。

——果然，沒有風。我感覺不到一絲微風。只是單純風停了？不對，室外就算完全不颳風，怎麼會完全感覺不到空氣在流動，太奇怪了。所以我才覺得自己被關了起來。

我再怎麼思考，眼下的狀況仍然十分異常，很不科學。現實不可能發生這種怪事。

難不成，奇怪的人是我？

比方說，我太想逃避現實，一時發生幻覺？這推測很討厭，卻有可能發生。印象中有一種精神疾病，叫做「愛麗絲夢遊仙境症候群」。患者會感覺周遭的事物變得龐大或縮小，或者是體感時間變得很奇怪。我記得那疾病的症狀裡沒有「感覺時間停止」，可是看我現在陷入的狀況，跟「愛麗絲夢遊仙境症候群」有些共通點。不過，假如一切出自我的幻覺，還有一個問題，那個像流氓的女孩子又是怎麼回事……

「嗯……」

不行，搞不懂。

我感覺思考走進死胡同，這時，肚子突然叫了起來。

我這才想起，自己還沒吃午餐。

「去吃點東西好了……」

吃了飯，再來想辦法也不遲。我順著道路向前走。

現在是午餐時間，大部分的餐廳都開著。不過沒有人會動，我進了餐廳也沒辦法點菜。正當我邊走邊思考要去哪裡吃飯——

「哇啊！」

我差點踢飛路上的鴿子。

好危險，幸好我提前發現。鴿子維持在地上走的姿勢，直接停住，就像個鳥類擺飾。我有生以來，第一次差點踢飛鴿子。

正常狀況下，鴿子應該會先一步逃跑，但現在我必須主動閃避鴿子。這是新學到的知識，今後走路得多注意腳邊。

「……」

我在鴿子前方蹲下。

函館的鴿子矮矮胖胖的，或許是羽毛比較豐厚。我心血來潮，用食指輕撫鴿子的頸邊。好柔軟。鴿子一動也不動，指尖卻摸得到些許生命的暖意。

——我明明可以正常摸動物……

我站起身，摸過鴿子的那根食指往衣服抹了幾下，又邁開步伐。

我走了一陣子，找到一間有內用區的便利商店。

我推開可以手動開的店門，走進店內。店裡開著暖氣，很暖和。看來時間停止之後，還是感覺得到溫差。

我從內側的飲料架拿了瓶茶，從貨架抓了碗泡麵，走向收銀臺。店員固定在打呵欠打到一半的姿勢，我把費用放在他面前，順道拿走免洗筷，之後走到內用區。

我以前蹺課的時候，常常在便利超商的內用區打發時間。來超商的優點是，店員不太管客人。我以前有段時間常常泡在圖書館，但是館員來找我搭話之後，我就不再去了。我不希望有人來干涉我。

我打開泡麵碗蓋，來到熱水壺前方。我想要裝熱水，按下出水鈕。

「奇怪？」

熱水沒有出來。我看了看熱水壺刻度，熱水是滿的。我覺得古怪，連按了按鈕好幾次，結果一樣出不了熱水。

我打開熱水壺蓋。裡頭的熱氣一股腦湧出——隨即固定在半空中。

時間停止已經好一陣子，我現在卻親眼目睹神祕現象發生。

「好怪喔……」

熱氣像雲朵一樣，停留在空中。我下意識把手指戳進熱氣裡——

「好燙！」

我馬上縮回手。我還以為會燙傷……看來熱水的確是滾燙的。

我把整個熱水壺傾斜，直接倒出熱水。水有點灑出來，但至少物理定律有在運作。

我蓋上泡麵和熱水壺的蓋子，坐回座位。光是裝熱水就費了一番工夫。

我從口袋掏出手機，打開螢幕主頁。現在時間顯示為「十二點二十五分」。假如時間正常流逝，手機上的時間應該是最正確的數字。另外，超商內的時鐘停在十一點十四分。我實在搞不懂移動、靜止的法則何在。等我吃完飯，就開始調查這個世界好了。

我等待著三分鐘過去，一邊把玩手機。手機連不上網，只好又開又關手機軟體，此時，通話紀錄出現「暮彥舅舅」的名字。通話紀錄是兩週前的。

暮彥舅舅是我的舅舅。這通電話之後過了三天，他就過世了，死因是急性心臟衰竭。他得年三十九歲，死得太早，但很少人為他傷心。他個性乖僻，朋友少，親戚也疏遠他。

——暮彥最後一次跟人說話，應該是跟茅人通電話呢。

我偶然想起，母親曾在暮彥舅舅喪禮上這麼說。

暮彥舅舅和我的最後一次對話。

那時候，我們在聊什麼……

『真是無聊。』

暮彥舅舅總是很生氣。

兩個禮拜前的那一天，他也是氣沖沖的。他半夜一點打電話給我，突然開始藉酒抱怨。他常常打來跟我抱怨事情。那天他才剛參加完畫家同行的聚會，脾氣比平常還差。

『那些傢伙一個個都是傻子，俗人才會花錢買他們的作品。真悲哀啊，我看他們到死都不會發現，一個懂得辨明本質的人，只會鄙視那些傢伙。』

「是喔。」

『說到底，那些傢伙好歹也是藝術家，一個個都品行低劣。一聊到八卦傳聞，每個都雙眼發亮湊在一起，簡直讓人想吐。跟黑鱸一個樣，看到屍體就衝上去。那些畫壇的外來種，快來個人把他們全都趕出去！』

「喔……」

暮彥舅舅看到任何事物都能生氣。政治、電影、藝人、天氣，上自外國名人，下至附近鄰居，看到什麼罵什麼。他的批評多半沒什麼內容。他嘴巴罵，不會實際傷害他人，卻也難怪惹人嫌。

不過──

『喂，你只會在那裡喔來喔去啊？至少要假裝聽得很盡興，不然等你長大，肯定會吃不少苦頭。』

「我很睏啊……我差不多要睡了，明天還要去學校……」

『哼！高中又不是義務教育，哪需要特地去上課？與其去學校浪費時間，還不如窩在房間看電影。你要多看點名作，年輕人就是都不懂欣賞——』

我不討厭暮彥舅舅。

暮彥舅舅對任何人、任何事物都會發火，單就這點，他算是平等待人。而且，他是畫家，明明有個像樣的頭銜，本人卻沒用到極點，這讓我很安心。我也許有點瞧不起他，但另一方面，暮彥舅舅讓我對未來抱持希望。原來這種廢物大人，也可以正常生存在社會上。

雖然到頭來，他還是死了。

『說到底，你有這麼想去學校？』

「咦？」

『我問你，你是不是很想去學校？』

話筒另一頭傳來喝東西的聲響。他大概正在喝酒。他也很常邊喝酒邊找我講電話。

「這個……爸媽都幫我付學費了，我一定要去學校啊。而且我這輩子，只有現在才能過高中生活……」

『我在問你的「想法」。』

「說是說想法……」

我想半天，得不出答案，只好沉默。

『你這傢伙還是老樣子，沒什麼骨氣。你太常閉著嘴了。你不多說自己的想法，只會被人利用。聽好了，所謂的國家、社會，在現在這個時代已經變成巨獸，專門吞吃逃得慢的傢伙。唯有行動與發言，可以對抗巨獸。』

「──我可以去睡了嗎？」

『不行。』

「已經半夜一點了耶。」

『哎呀，煩死人了，不要被時間拘束。所謂「時間」只是一種幻想。過去、未來也都是幻覺。我們只是在觀看一幅名為「命運」的畫作，而這幅畫大到我們的視野難以容納。』

暮彥舅舅完全喝醉了。

在這之後，我還是被逼著聽完這些形同夢話的鬼扯。時間過了深夜兩點，我決定隔天不去學校上課。我不掛電話並非出自善心，而是為了藉口。我剛才不敢說出口，但其實我不想去學校。

我已經記不太清楚那通電話之後的內容。我當時很睏，暮彥舅舅的話又顛三倒四，大部分是聽過就忘。

扣除最後一段。

『琥珀的世界。』

暮彥舅舅說出這個詞彙。我不太記得前面的脈絡，只有這個詞彙，深深烙在我的腦海。

「琥珀……？」

『沒錯，黏稠樹脂凝固之後，就稱為「琥珀」。有些琥珀裡裹著小生物，歷經數萬年，小生物的肢體仍然保存完好。不會錯，我曾經看過整個世界化作琥珀的瞬間，而且我當時身在時間的外側。』

「這是新畫作的構想？」

『混蛋，連你都懷疑我？不，我知道，這聽起來太像無稽之談。但是，我應該知道，我應該體驗過了。腦漿經過藥物跟酒精冷卻，確實會生出妄想，可是「那個」絕非妄想。那個、實在是……太真實了。』

「那個？什麼啊？我完全聽不懂你在說什麼……」

『再一陣子。再過一陣子，我應該能找到法則。我有預感，下次一定能留下可信的證據。總有一天，你也會明白我的意思。不，你一定要明白，「那個」究竟有多麼美妙。茅人、你一定能……』

沉默。

「暮彥舅舅？」

『呼……』

他睡著了。我也掛斷電話，一頭栽進枕頭。

通完電話的三天後，暮彥舅舅就過世了。聽說有路人發現暮彥舅舅倒在車站前，趕緊叫了救護車。但是他的心臟早就停止跳動。

我去守靈的時候，見到暮彥舅舅的臉，感覺他比上一次見面時老了很多。他的眉頭刻著數條深紋，彷彿他死後仍氣憤不已，控訴這個世界難以生存。

「琥珀的世界……」

我呢喃著。

這詞彙感覺帶著某種暗示。「琥珀的世界」、「時間外側」，這會是巧合？感覺這些詞彙跟我的現狀有些關聯。還有，舅舅口中的「那個」，究竟是什麼？早知道自己會撞上這狀況，我應該好好聽完舅舅的話。

暮彥舅舅住的公寓在東京。去他的公寓，也許可以知道他那番話有什麼涵義。

不過，路面電車停止不動，看這狀況，其他交通工具大概也靜止了。要去東京，想必困難重重。更何況，就算我抵達暮彥舅舅的房間，也不一定找得到解決辦法……

「嗯……」

該怎麼辦？

正當我雙手環胸，苦思答案，終於想起自己還在等待泡麵。

完蛋，我忘得一乾二淨。泡麵是不是泡爛了？

我打開泡麵碗蓋，小聲說句「我開動了」，把免洗筷伸入麵碗。

「——嗯？」

麵好硬。

奇怪了，時間的確經過三分鐘以上，怎麼還沒泡好？是熱水不夠熱？不，不可能。我心想，摸了摸麵碗，碗身還很燙。那怎麼會……

「啊！」

該不會，泡麵的時間也暫停了……因為時間不會前進，我等再久，麵都不會泡好……

怎、怎麼會這樣，在這個世界連一碗泡麵都吃不到？我沒這麼愛泡麵，吃不到是無所謂。問題是連倒入熱水，食物都煮不熟。那在這個世界，能吃的食物就非常有限，可能只剩早已煮好的食品，或是可以生食的蔬菜、水果類。

我被迫碰上的麻煩恐怕不只進食。現在物理定律無法正常運作，也許有一些以前理所當然能做的事，現在做不到了。

先來做一些實驗比較好。

現階段必須以收集資訊為優先。先掌握這個世界的法則，之後再找出暫停現象的起因也不遲。

今後的行動方針就這麼定了。

我離開便利商店之後，過了五個小時，手機耗光了電。

我當時正在海邊的伴手禮專賣店，當下就停止實驗，前往原本今天要入住的飯店。我的日用品、充電器之類的，都裝在行李裡。我記得負責帶隊的老師說過，我跟其他學生的行李會直接從機場送到飯店。

天色本該逐漸暈染成朱紅，現在卻保持湛藍。事到如今不需要確認時間，一定還停在上午十一點十四分。無論經過多少時間，外頭仍舊一片光亮，不免有些詭異。外頭只有停止的時鐘，感覺身體時鐘都變得不規律了。

對了，以前租過的ＤＶＤ有一部電影，是以身處白夜的鄉下小鎮為舞臺。主角拜訪那座從不日落的小鎮，陌生環境與工作職責逼迫下，他患上失眠，漸漸衰弱。

我不想變得跟他一樣。不知道暫停現象會持續到什麼時候，但我得維持住自己的體感時間。為此必須幫手機充電，掌握正確的時間。

我抵達目的地，走進飯店。

我記得寄放的行李保管在寄物處。寄物處……應該是在櫃檯內側。

「稍微打擾一下……」

櫃檯人員維持著笑容定住了。我打了聲招呼，踏進櫃檯後的小倉庫。如我所想，一走進倉庫，就看到裡頭保管大量行李。我沒花多少時間，就找到自己的背包。

我來到大廳，從背包拿出充電線。

「插座在哪……」

我環顧四周，隨即在大廳角落找到簡單的工作空間。走近一看，馬上找到電源，我趕緊幫手機充電。

——不過我等了很久，電充不進手機裡。

我早就預料到了，但還是很失落。

「果然行不通……」

在這個靜止的世界中，我做了不少實驗，有幾個發現。

首先，大部分的機器——嚴格來說是「自行運作」的東西無法使用。自動門必須手動扳開，提款機碰了沒反應，電梯不會動，手放在感應器前面，水龍頭也不會出水，非常不方便。最困擾的是廁所。我按了手把，只會一瞬間發出「唰唰」一聲，沖不掉排泄物，所以一間廁所頂多上一次。假如不管要不要沖馬桶，我是不太在乎馬桶已經用過，還是可以多上幾次。

智慧型手機充不了電，恐怕是因為電線內的電流不會動。充電器插上插座，電線不會輸送電力，當然充不到電。

我把手機和充電器塞進口袋，走出飯店。我暫時把背包放在大廳，打算以這間飯店為據點，在函館四處走動，調查暫停現象。

我走在人行道上，複習至今的實驗結果。

「自行運作」的東西不能使用，但還是有例外。比方說手機、平板電腦、打火機，這類機器內藏電源、燃料，又方便隨身攜帶，我還有辦法操作。這例外也包含生物。我曾經在外面種的植物上發現蜘蛛，拿來放在手上，蜘蛛居然開始活動。我嚇了一大跳，讓蜘蛛掉到地上，蜘蛛又跟我剛看到的時候一樣，靜止不動。我一撿起來，蜘蛛又開始動了。看來生物、機器只差在大小不同，能活動的法則一模一樣。

我能使之活動，跟無法運作的東西，究竟差在哪？

我差不多弄清楚法則了。

人行道上有個空罐，幾公尺前方有垃圾桶。

「嗯？」

我發揮小小的志工精神，撿起空罐，順便進行已經做了好幾次的實驗。

我走了幾步路，停下腳步，接著朝垃圾桶擲出空罐。

空罐一離手，劃出一條美麗的拋物線，再繼續前進，就是一發精準的投籃——

空罐卻硬生生定在空中。

「不意外，就是會這樣。」

我拿起停留在半空中的空罐，確實扔進垃圾桶。

「氣場」，這詞的印象最符合現狀。

我只是先做一個假設，雖然這假設只是出自直覺——我身上圍繞一種「可以使靜止的世界重新活動」的氣場。氣場看不見、摸不著，卻能覆蓋在其他東西。比方說手機、平板電腦能正常運作，丟出去的空罐卻會靜止。只要機器穿戴在身上，也許不論體型多大，我都能使其運作。

還有很多不明之處。不過只要花上時間、勞力，我應該能弄清楚更多事。

就照這個步調繼續做實驗。我還想驗證其他事，但在驗證之前，我得準備好時鐘──

喀哩。

「！」

我剛才聽到聲音。

聽起來像是鞋底和地面摩擦的聲響。我停下腳步。人行道上有人影，卻沒有人在活動。

「有、有人在嗎？」

沒有回應。

我不覺得是我聽錯，聲音很明顯。在這無風的世界，除了我以外，還有會動的東西？說不定是之前在車站遇見的女孩子──井熊可能在附近。我想到這，改口喊了聲「井熊？」，結果依舊不變。聲音漸漸融於空氣之中。

這時，我突然渾身一顫。

這萬物停滯，毫無生機的世界，令我升起寒意。「寒意」，也可以用「恐懼」形容。

不需要多說，我知道眼下的狀況很不尋常。時間都能暫停，當然可能發生其他狀況。搞不好跟恐怖遊戲一樣，憑空冒出未知生物四處追殺我。就算不是未知生物，只要有任何事物攻擊我，我絕對撐不了多久。在這裡無法向別人求救，受了傷，甚至叫不到救護車，更不知道時間會停滯到什麼時候。

恐懼和危機意識一口氣湧上心頭。

不能再繼續拖拖拉拉。說是這麼說，我該怎麼辦……

我向前走去，想多少甩開這股煩躁，也想趕快離開發出聲音的地方。我一邊走，一邊思考逃離靜止世界的方法。

我順著道路前進，前方出現熟悉的背影。

「那是……」

四個男孩子並排在一起。

是永井同學跟其他同學，也就是我的組員。看來我四處亂走，又走回時間停滯時待的地方。時間暫停之後，只過了幾個小時，他們卻讓我特別懷念。

我繞到永井同學面前，仔細瞧著他。

我還想做一個實驗，但我之前一直往後推遲。

在靜止世界裡摸了人，會怎麼樣？

我吞了吞口水。

觸碰別人，我光想像就快冒出蕁麻疹。可以的話，我想把這個實驗拖到最後一刻。我很不情願，卻選擇現在嘗試，是因為這個行為也許會產生重大意義。我沒什麼證據，純粹出自直覺。

我大口深呼吸。簡單拉了拉筋，做好心理準備。

「——好。」

下定決心了。

我朝著永井同學，緩緩伸出手……呃、我該摸哪邊好？肩膀附近好像比較保險？可是感覺比起隔著衣服，直接摸皮膚比較好。就跟良藥苦口一樣道理，從自己越難接受的方式下手，效果越好。從剛剛開始，我做的事情沒什麼依據，純粹是直覺不停提醒我，這樣做比較好。

決定了，我還是直接摸皮膚。我內心抗拒得不得了，但隔著衣服摸如果沒反應，終究要直接摸皮膚。永井同學露出皮膚的部分，只有臉跟手。臉的難度太高了，我決定碰他的手。

我當場蹲下，再次伸出手。心臟撲通撲通跳著。我告訴自己，沒問題，小小碰一下，跟健康檢查的時候相比，只是小事一樁。

腋下滑下一股冷汗。

「啊……」

如果我碰了永井同學，他馬上動了怎麼辦？照我現在的位置，永井同學一開始走路，就會撞到我。

好險，幸好在前一秒發現這件事。

我移動到永井同學後面。這次一定要成功摸到。

「沒問題……可以的……」

第三次一定會成功。顫抖的手，緩緩伸向前。

指尖，觸碰到永井的手。

「！」

一瞬間，我馬上縮回手，從永井同學身邊退開。

一秒、兩秒過了，永井同學沒有變化，仍然僵在原地。

「呼……」

疲勞一股腦爬上全身。我當場坐倒在地，用另一隻手握緊碰過永井同學的手指。

碰了別人，根本沒意義，只是徒耗心力。我到底在幹什麼？說到底，只是摸了別人一下，怎麼可能扭轉這種世界規模的現象，蠢死了。

我冷靜下來，才終於搞懂自己。我可能抱有別種期待，跟暫停現象無關，只屬於我個人的微小期待。

現在的永井同學沒有呼吸，心臟可能也靜止了。他沒有死，又稱不上活著。名副其實，就是「停止不動」。我下意識期盼，如果人陷入這種狀況，我是不是可以毫無顧忌地觸碰他？甚至有機會克服我的病。結果還是沒辦法，我一摸到人的肌膚，全身細胞瞬間產生抗拒反應。

我站起身，拍了拍屁股，微微仰望天空。

我的病說不定一輩子都治不好。我不難過，只是抱持若有似無的不安。託這病的福，未來不知道會碰上多少辛苦……不過，現在想這個也無濟於事。

我換了個想法，現在應該專注在眼前的狀況。

「喂。」

「嗚哇！」

我還以為自己的心臟會嚇到從嘴裡跳出來。

我馬上回頭，看向呼喊聲的方向。金髮女生站在我背後，是井熊。她一臉莫名其妙，雙手插在棒球外套的口袋裡，站姿彷彿雄壯威武的武士。

「嚇……死我了。井、井熊，是妳啊？」

我根本沒發現她在我後面。她怎麼會在這裡？

井熊走了過來，不悅地雙手環胸。

「幹麼？我在場，礙到你啦？」

「沒、沒有啦，是因為妳突然叫我……妳怎麼在這？」

「我在監視你。」

我很疑惑，印象中，井熊之前明明說要去找其他會動的人。

「為什麼要監視我？」

「免得你做怪事啊。」

「怪事？」

「像是……不、不要讓我說出來，混蛋！」

我被兇得莫名其妙。怪事……她以為我會去犯罪？說不定井熊出乎意料，為人很正直。

井熊嘖了一聲，目光從我身上移開。

「不過，看來你不需要我多擔心。」

「是、是嗎……」

她到底是相信我，還是不相信我？我一直搞不懂井熊的想法。說到底，井熊是從什麼時候開始監視我？周遭這麼安靜，我應該感覺得到她……啊。

「該不會，之前那個聲音，是井熊的腳步聲？」

「之前是哪個之前啊？」

「就是我在問『有人在嗎？』那個時候……」

「喔，是我啊。」

井熊直截了當承認。我的肩頭這才放鬆下來。

「妳至少回答我一聲……」

「因為我不想讓你看到我。」

「呃……」

她到底想做什麼？真希望她不要耍奇怪的脾氣。是說，我在函館車站遇見她之後，已經過了很久。她這段時間一直跟在我後面……說不定，她其實很怕孤單一個人？

「啊，對了，現在幾點了？」

「什麼幾點？」

井熊捲起袖子，潔白纖細的手腕掛著手錶。

「已經晚上六點了。」

「六點……」

我還以為現在才晚上五點。糟糕，我的體感時間已經慢慢出問題。

「你這傢伙，老在意一些奇怪的地方。時間都停了，確認時間有意義？」

「這個，是沒錯……但是不知道時間，總覺得靜不下來。」

「真是神經質。」

嗚，我無法否認。

「比起時間，你知道什麼了嗎？我看你一直做很多事，像在做實驗。」

「喔，對。我應該已經摸出……這個世界的法則……應該啦。」

「你說得真不確定。」

井熊抱怨了一句，往四周環視一圈，目光又移回我身上。

「一直站著，我累了。我要去找地方坐。」

「啊，嗯。」

井熊往前走去。我望著她的背影，以為她又想分開行動。井熊忽然回頭看了我，一臉焦躁。

「你呆在那邊做什麼？你也來啦。」

「啊，是。」

原來我可以跟上去？

我照井熊說的，跟在她身後。我們沉默地走著。

不過，我以為井熊討厭跟我待在一起，不知道她經過什麼心境轉折？井熊可能也明白分享情報的重要性，無可奈何之下，才又來接觸我。

井熊走進路旁一間餐廳。我本來要跟上去，下一秒，又停下腳步。

店外裝潢用了大量鮮豔黃色，非常顯眼。略帶昭和風情的氛圍，以及直接又顯眼的小丑標誌。我在綜藝節目《日本妙國民》裡看過，這間店叫做「幸運小丑漢堡」，是函館當地的漢堡連鎖店，分店都在函館。聽說在當地，「幸運小丑漢堡」比麥當勞更有名……

店內裝潢不輸店外，鮮明又獨特。裝潢和一般速食店差不多，但是各種訊息混在一起，又多又雜。牆上貼了許多傳單、圖畫，客人還擠滿了店裡。

井熊覺得靜止不動的人礙事，伸手推開，走到內側的包廂座位。我跟在井熊身後，小心翼翼避開客人，巧妙地扭身鑽過人群，走到店面內側，坐在井熊對面。

我喘了口氣。光是在店面走動幾下，就很費神。就算店裡沒有人會動，我還是不喜歡人群。

「咦？」

餐桌上放著淋了起司醬的薯條和飲料，應該是奶昔。我本來猜想這座位原本有人坐，只見井熊若無其事把薯條塞進嘴裡。她嚼了嚼，吞下薯條，又用吸管喝了口奶昔。

井熊的小嘴離開吸管，揚起微笑。

「——好甜。」

「那杯飲料怎麼來的？」

「嗯？別人給的。」

「誰給的？」

「那邊那個人。」

井熊往某處抬了抬下巴，我看過去，發現一個停住的中年女店員，手上端著托盤。托盤上放了一個包好的漢堡。難不成——

「妳、妳偷東西？」

「別說得這麼難聽，我只是讓她分點食物給我。」

「這就是偷啊……」

她什麼時候拿走人家的食物？手腳太不乾淨了。我還以為她正義感很強，看來要修正一下對她的評價。

井熊靠上椅背，一副坦蕩蕩的樣子，滿不在乎。

「沒辦法啊，現在不能買東西，只能搶了。」

「那妳可以把錢放著……」

「錢沒了之後怎麼辦？你叫我去抓鴿子吃啊？」

「我又沒這麼說……」

井熊的話也有點道理。假如暫停現象始終沒恢復，我又一直放錢換食物，手上的錢總有一天會見底。但我認為自己手上還有錢，至少要留錢給人家才說得過去。還有，吃鴿子可能違法。

我不知道該不該警告她，忽然感覺肚子餓。仔細想想，我在便利超商也沒吃到泡麵，從早上到現在都沒吃東西。

我不由得嘆氣。井熊皺起眉。

「幹麼？想說什麼就說啊？」

「呃、不是……我只是覺得很餓……」

「餓？時間停止之後，你都沒吃東西？」

「這個，嗯。」

「這樣喔。」

井熊的眼神亮起殘忍的光彩。我的念頭剛起，只見她把剛才享用的那包薯條，連同盒子一起遞給我。

「你吃這個吧。」

「呃、可是這是別人的……」

「沒關係啦。」

她哪來的資格說這句話……

雖說東西是偷來的，但我不想浪費井熊的好意。現階段除了我以外，她是唯一會活動的人。我想盡可能跟她相處融洽。她大概不打算把薯條還給原本的客人，我就收下了。

「那，我不客氣了……」

我略帶遲疑地抽出一條薯條。溫溫的，好像才剛炸好。不對，不是「好像」，就是剛炸好沒錯。現在時間暫停了，煮好的食物不會涼掉，也不會腐壞。

薯條入了口，起司濃郁的滋味、可口的肉味充滿口腔。起司下方淋了肉醬。我畢竟隔了許久才吃東西，吃起來特別美味。

井熊望著我，賊賊一笑。

「好，這樣我們就是共犯了。你之後得聽我的。」

脣角微微露出外翹的犬齒。

我心想，原來她笑起來是這個樣子。她太像不良少女，看到剛才的天真笑容，我不禁看出神了。她那笑容很符合她的年紀，甚至比實際年齡更幼小……等一下！

「共、共犯？還要我聽妳的……憑、憑什麼？」

「你吃了我的薯條，當然要聽我的啊。是說你反應太慢了吧。」

「那又不是井熊的薯條……而且我只吃一根，代價太高了。」

「不然你照分量聽我的話，一根薯條的份就好。」

我不知道一根薯條的份，具體而言有多少約束力。但我再繼續討價還價，搞不好會惹火她，只能不情願地答應。

「一根薯條的份而已，好吧……」

「OK，不能反悔喔。」

井熊把薯條盒拉回自己面前，又開始吃起來。呃……我只能吃一根嗎……？

「拉回到剛剛的話題，你說這個世界的法則，是什麼？」

「啊，就是……」

我還有點不服氣，但現在繼續討論比較重要。

我詳細解釋自己在這個世界做過的各種實驗結果。

「氣場啊。」

井熊舔了舔沾到鹽的手指，重複我剛才的話。

「是啦，聽你說完，我也覺得這個世界就像你說的那樣。沒有其他新的資訊嗎？」井熊問。

「呃……還有，東西離手大概一秒後，就會停住。」

「我不是說這種細節啦。沒有更像遊戲密技的那種方法嗎？比方說發動車子，或是連上網路之類的。」

「嗯——沒有特別有用的新發現……還有，應該沒辦法用車子或網路。更何況，妳沒駕照，怎麼能開車啊？」

「唉……你真沒用。」

井熊又含住吸管。飲料杯發出「嘛嚕」的聲音，奶昔可能越來越少了。

「那井熊，妳呢？妳找到其他能活動的人了？」

「找不到啦，所有人都停住了。我爬到大樓上面看下去，除了你以外，根本沒有東西在動。」

「這樣啊……」

她自己也沒什麼發現。我想酸她一句，但沒勇氣說出口。

「所以，還是不知道時間為什麼停住？」

「啊，說到這件事——」

「怎麼了，你知道什麼啦？」

井熊身體湊上前來，眼中充滿盼望。看來她天生情緒就很外放。

我正想說到暮彥舅舅——種種擔憂竄過腦袋，我還是決定不說了。

「——抱歉，沒什麼。」

「嗄？鬼扯，你剛才明明就想到要說什麼。」

「真的沒什麼，我冷靜想想，覺得跟時間靜止沒關係……與其亂說話讓妳更混亂，還是不說的好……」

「給我說。」

「是。」

我說出暮彥舅舅的事。

像是暮彥舅舅死前打電話給我，留下暗藏含意的話；他住在東京，去一趟舅舅家，說不定能知道什麼。井熊聽我仔細解釋完，狐疑地微瞇起眼。

「假如時間停止的原因在你舅舅身上，他幹麼把我也捲進去？」

「我不知道……而且，也還不知道起因是不是我舅舅。」

「可是，我聽起來就是有關係啊。」

我不禁語塞。

井熊提到的疑點很有道理。我知道一個人不可能引起這麼大規模的暫停現象，但我也覺得暮彥舅舅跟這現象有一絲關聯。

話雖如此，暮彥舅舅的話就如同一根蜘蛛細絲，不知道前端連向何方。抵達另一端，很可能是一片虛無等著我們。我不想讓井熊懷抱這一絲的希望，所以我才不想說。

「東京、東京啊……」

井熊陷入苦思，一個人喃喃自語。

眼看討論快要陷入死胡同，我正想改變話題，井熊忽然堅定地說：「好，決定了。」

「去東京吧。」

「咦？」

我大吃一驚。對方直接跳過許多階段，下了決定。

「要、要怎麼去？」

「電車、公車都不開，當然是用走的。」

「應該會很辛苦……騎腳踏車都不知道會花上幾天。」

「腳踏車？喔，你還沒試過。」

「咦？什、什麼意思？」

「腳踏車派不上用場。騎是可以騎，但是踏板很重，騎車比走路累三倍。」

「是喔！」

我、我都不知道……不過仔細想想，她說得對。可能連慣性定律都沒作用。氣場搆不到輪胎，輪胎自然不會持續旋轉。也就是說，我們的交通方式只剩徒步前進。

「那就更辛苦了……而且，我們辛辛苦苦走到東京，搞不好還是搞不懂這現象。」

「我們繼續待在這裡也是一樣啊。假設只有北海道的時間停住，你會怎麼辦？」

「那我會等人來救……」

「也許去東京途中，可以遇見其他能活動的人。」

「可是……」

「你一直在那邊碎碎念，煩死了！我說要去，就是要去！」

井熊很頑固。看來她已經定案要去東京。

從北海道徒步走到東京，究竟要花多久？大概一個月？說到底，我們用走的能過海？——啊，有青函隧道可以過。既然時間靜止了，走路應該過得了隧道。錢沒了，食物、住宿還是有辦法搞定。

咦？說不定去得了？反正我們不用擔心時間長短，有毅力就走得到。那我就不用硬是阻止她。

「——我知道了，那，妳路上小心。」

「你說什麼？你也要去啦。」

「嗄？」

我又吃了一驚，沒想到她會這麼說。

「為、為什麼我也要去？」

「幹麼？有意見啊？」

「也不是有意見……妳一個人去又沒關係……？」

「我一個人不知道路啦。還有，你不是吃了我的薯條？那要聽我的話啊。」

「我覺得妳的要求……已經超過一根薯條的價值……」

我說到一半，本以為又會惹火井熊，聲音越來越沒自信。沒想到出乎我意料，她一副不知所措。

「那、那你要怎麼辦？一直留在北海道嗎？待著也沒用啊。」

「這……」

我的心一陣動搖。

假如調查一直沒進展，我終究要去東京一趟。我只是來北海道旅行，不打算一直待在這裡。而且，我家也在東京，反正只差在早去晚去，我也許該和井熊結伴同行。

可是我跟井熊結伴，代表我得和她相處很長一段時間。這讓我很不安，她情緒起伏這麼大，我不知道自己能不能配合她。

我瞥了井熊一眼。

井熊正經八百等待我的答案。她看起來像被逼進死胡同，隱隱有點坐立不安。

我內心有一種說不出的鼓譟。我覺得現在拒絕井熊，她有一點可憐。

我投降了。

「──好吧，我去，我也去東京。」

話一出口，井熊的神情登時如同點亮的燈，瞬間發亮。

「真是的，你一開始就該這麼說啦。你煩惱太久了！」

「抱、抱歉。」

「那我們要趕快做準備。」

她態度一變，看起來心情愉快。我不禁懷疑，她搞不好只是想去東京玩。

「明天就出發，你也要準備好喔。」

「好……嗯？明天？太、太快了吧？」

「事不宜遲，對吧？」

井熊收拾吃完的垃圾，拿去餐盤回收區。

「明天九點在函館車站集合，不准遲到喔。」

她扔下這句話，丟了垃圾，就要走出餐廳。

事情一股腦往前推進，從明天開始，我就要和井熊一起前往東京。說實話，我沒半點要去旅行的感覺。不過事到如今，我也不能退縮。

——嗯？從明天開始？

「等、等一下。」

只見井熊已經走到餐廳外，我急忙追出去。我閃著人，來到餐廳門口，正要穿過門，井熊回頭看我。

「幹麼？」

「我不知道時間……呃，什麼時候，才算明天？」

「嗄？」

我的疑問聽起來很愚蠢，但我沒問錯問題。在這個世界，我還沒辦法定義什麼叫做「明天」。

井熊一臉莫名其妙，搞不懂我在問什麼，好一陣子才會意過來，抓了抓脖子，態度很煩躁。

「你的手機咧？」

「沒電了。」

「那手錶呢？」

「我沒有手錶……」

「呿。」

真希望她不要故意嘖給我聽，我會很傷心。

井熊不耐煩地解下手錶，扔給我。我反射性做出接住的手勢，手錶卻停在半空中。我有點害臊，伸手拉過停住的手錶。

「那個借你，不要弄壞喔。」

「嗯，好。井熊妳知道時間？」

「我的手機還有電。我為了你用掉珍貴的電力，你可要感謝我啊。」

「呃、是……非常感謝您。」

「那就明天早上九點見，你如果遲到，我就踹死你！」

井熊留下一句威脅，離開了。

我的視線向下，望向井熊借我的手錶。造型偏向少女風，讓我很訝異。錶帶是粉紅色的，很可愛。我確認時間，已經到了晚上八點。假如時間正常流逝，外頭早已天黑。明亮的天色擾亂了體感時間。我動作不快點，感覺明天一下子就要來臨，得趕快準備旅行。

不過，在準備之前。

「要、要吃點東西……」

肚子已經餓到極點了。

我走向附近的百貨公司覓食。這次我會老實買個便當。

吃完遲來的晚餐，我走向之前放行李的飯店。今天就決定在那間飯店過夜。我們還沒辦入住登記，我算是擅自住進去，但是房費應該早就付清了。

我進了飯店，在大廳拿回自己的行李。電梯不能用，我只好從逃生梯上樓。踏進二樓，發現清潔人員正在清理客房，大部分客房房門都開著沒關。

「好。」

說是要準備旅行……仔細想想，也沒什麼能做的。我本來就是來北海道修學旅行，原本就旅行到一半，哪需要準備。我想不到還需要什麼東西。頂多是手機用不了，需要紙本地圖。之後要去一趟書店。

我坐在床邊，吐出一大口氣。

「──好想沖澡。」

身上多少流了汗，也累積不少疲勞。不過現在別說淋浴，連自來水管都流不出水。我只能忍耐？

「不對，等一下。」

桌子上放了飯店手冊。我站起來，打開手冊，看了看樓層導覽，發現最上層標了「大澡堂」。

淋浴設備用不了，但浴池可能行得通。

我抱著換洗衣物跟飯店提供的毛巾，走出客房。目的地是大澡堂。我快步爬上樓梯，來到頂樓，穿過男用澡堂的布簾，總之先脫襪子，踏進澡堂。

浴池放滿了熱水。我在內心歡呼，興匆匆地把右手泡進熱水。

「唔，不夠熱……」

現在是上午十一點，可能還沒到開放時間。我應該看清楚手冊。不過，這溫度勉強可以洗澡。

我還不知道在抵達東京之前，自己可以泡到幾次澡，只是一點點不夠熱，就忍著洗。

我回到更衣間，脫光衣服，又回到澡堂。我從備品區拿了沐浴精、洗髮精，順便拿了臉盆，走到浴池旁邊。接著，我用臉盆舀熱水，往頭上淋去。

「呼，清爽多了。」

熱水順應重力，沿著身體滑落。不過水流不到排水口，在腳下積成一灘，讓腳邊不太舒服，但夠我洗好身體了。

我仔細洗頭、洗身體，才泡進浴池。

「哇、感覺好怪……」

該怎麼說……熱水好「硬」。水中的阻力比平時更強，害我很難活動。不過，這感覺不壞，反而讓身體泡得安穩，挺舒服的。

我茫然仰望天花板，回顧今天。

「我好久沒說這麼多話了。都快忘記我上一次說這麼多話，是什麼時候了。」

我在學校不太說話，回到家，頂多只在晚餐時間跟父母說話。

假如聲帶會痠痛，我明天大概說不出話來。明天一定會跟井熊說很多話，我得讓喉嚨好好休息。

「希望我能跟她好好相處……」

畢竟狀況特殊，我不由得多了更多自言自語。

我整個人泡進熱水，只剩鼻頭以上還在熱水外，吐出一顆又一顆氣泡。

第二章

青函隧道

「嗯。」

我和井熊在函館車站會合，一見面，她朝我伸出手。

井熊今天——我不確定說「今天」算不算正確——也穿著昨天那件棒球外套，她可能很喜歡那件外套。她背著背包，裡頭應該是裝滿行李。

我望著井熊的手，不解地歪頭。

「呃……怎、怎麼了？」

「手錶。」

「啊，對喔。」

我急忙從大衣口袋掏出井熊的手錶。

「還給妳，不過時間好變得不太準……」

都怪我洗澡的時候，把手錶和衣服一起放在澡堂外。但沒辦法，我不能戴著手錶進澡堂。我稍微調過，但我不清楚正確時間，還是有誤差。井熊默默接過手錶，可能接受我的解釋了。

「這給你。」

井熊戴好手錶，接著像我一樣，從口袋拿出另一支手錶，遞給我。

「咦？」

我吃了一驚。

手錶造型像是成年人用的，和她剛才借我的手錶相比，我手上這支看起來比較貴。

我腦中頓時警鐘大響。對方是井熊，她只用一根薯條的代價，就要我陪她去東京。假如我收下這支錶，不知道她會跟我提多麼龐大的要求。

「快點拿去。」

「我、我真的可以拿這支錶？」

「嗄？什麼意思？」

「我想說，妳會不會又要我聽妳命令……」

井熊登時一臉怒意。

「傻子，我才不會。你把我當什麼啊？我踢你喔。」

「抱、抱歉。」

我不想被踢，老實道了歉。我有點受不了自己這麼耐不住威脅。

我小心翼翼接過手錶，免得碰到井熊的手。她冷哼一聲。

「沒差啦，反正那是臭老哥的手錶。我可以弄壞錶，扔回桌上，但算了，送你。」

看來她跟哥哥感情很差。我不知道內情，既然可以免費拿到一支錶，我就心懷感激收下了。

「啊，對了，要對一下時間……」

「對時間？」

「嗯，因為我跟井熊的手錶時間應該有落差……」

畢竟手錶在我泡澡的時候，空掉一大段時間，井熊自己可能也沒掌握正確時間。所以我們現在應該把兩支手錶的時間調成一樣。

順帶一提，我到函館車站之後過了三十分鐘，井熊才到。我考慮到自己的時間有慢，特地提早來會合，井熊倒是自己遲到了。

「要調到幾點？」

「那就，九點半。」

井熊應了一聲，調整自己的手錶時間。我也調了時間。

拉開這個旋鈕，轉一下，應該就……好，調好了。

我們時間都調成九點半之後，我戴好手錶。今後可能需要每天定時對時間。假如洗澡或有其他原因解開手錶，之後就要每次調整。有點麻煩，但對時間是為了讓生活步調規律，還是得做。

——話說回來，手腕有點癢癢的。我本來就不喜歡戴裝飾品。假如之後還很在意，就把手錶收到口袋好了。

我從思考回過神，才發現井熊正盯著我。

「怎、怎麼了……？」

「沒有，只是覺得你跟那支錶不搭。」

「呃……」

何必這麼說……而且這是井熊拿給我的手錶，她還嫌我。

抱怨歸抱怨，這手錶的確不太適合我。感覺我的手腕配不上手錶。

我隔著長及眼前的瀏海，從隙縫觀察井熊的臉。

她戴了很多飾品，耳上是發亮的耳環，敞開的衣領內看得到項鍊。我感覺她這身打扮，是十幾歲女孩子武裝自己的方式。

「那就出發啦。」

井熊邁開輕盈的步伐，我默默跟在她身後。

於是我們朝著東京展開旅程。

我們從函館車站出發，一直沿著海邊前進。連接日本本州與北海道的青函隧道，就是我們目前的目的地。

越遠離車站，大樓、飯店越來越少，建築物之間的間隔漸漸變寬。道路寬度、每一間商店的停車場，都比東京寬敞許多。與其說是深感北海道大地之遼闊，我只覺得這塊土地恬靜悠哉。一走到郊外，這感覺越強烈。道路處處明顯龜裂，不時出現很像廢墟的商店。整座城市圍繞幾分寂寥。也許是因為時間停止了，才讓我有這種感覺。但如此寂靜的氣氛，反而讓我很平靜。

我差不多習慣無聲的世界了。周遭越是安靜，內心的聲音反而多話。我甚至覺得有點爽快。只要習慣，這份異常的寧靜倒也讓人舒暢。

說到安靜。

井熊從出發之後，幾乎沒說話。她一開始走在前頭，現在卻默默跟在我身後。我不知道她是想保留體力，還是純粹找不到話題，總之她沒有表現得特別尷尬。我自己不太會說話，沒必要勉強和對方打好關係。我有點怕井熊，但和修學旅行的小組行動相比，跟她走在一起輕鬆多了。

我走著，稍微抬起目光。

秋日晴朗的天空，彷彿天花板上的一幅畫。從星期二上午十一點十四分起，沒有一分變化。

我彷彿走進一張照片。說個更精準的譬喻，我像在看解析度高到不行的 VR

Google 街景。仍然感覺不到風在吹，好奇怪。

幸好時間停在晴天。假如停在下雨的時候——

「啊啊啊，夠了！」

井熊突然吼道。

後方忽然傳來大喊，我嚇得渾身一跳，馬上停下腳步，回頭看去。

「怎、怎怎、怎麼了？」

「太安靜了，我要發瘋了！」

「呃……」

我還以為她想說什麼，是覺得太安靜啊。

「啊——混蛋，頭好痛。把時間搞停的傢伙，給我滾出來……我真想揍扁他。」

井熊忿忿不平地抱怨，突然看向我，皺起眉頭。

「為什麼你都不難過？」

「妳問我為什麼……現在聽不到雜音，我反而覺得很放鬆……」

井熊露出不可置信的眼神。

「你根本怪人，怎麼有人在這種狀況下還很輕鬆？你唬我嗎？」

「我、我才沒唬妳。我是說實話……」

「唉呦，為什麼只有我這麼難過……沒道理。」

我感到一絲無奈。莫名被遷怒，我才覺得沒道理。

井熊仰頭大嘆一口氣，又開始走路。先不管她的話有沒有道理，她看起來的確很難過。我不禁擔心，便走到她隔壁。

「那個，妳還好嗎……？」

「你說點話。」

井熊目光固定在前方，說道。

「太安靜了，我很煩躁，所以你說點話吧。」

「說話……」

這請求有點困難。我該說什麼？我和井熊感覺沒什麼共通點……對了，共通點。

「井熊，妳該不會……是我的遠房親戚、之類的？」

「嗄？你在說什麼？」

「就，我昨天想了一下。現在時間停止，好像只有我跟井熊能活動……我就想，我們之間是不是有共通點，或是接點什麼的……」

「接點喔。」

井熊伸手托住下巴。

「我沒聽說我家有親戚住東京。」

「我應該也沒有住北海道的親戚……再來是——」

母親的舊姓、家庭成員、出生的城市、搬家經歷。

我們在這些要素上，都沒有關聯。簡而言之，我跟井熊沒有血緣關係。我苦惱地呻吟。

「素昧平生的人其實有血緣關係……電影裡倒是挺常看到的。」

「你喜歡看電影？」

「嗯？這個嘛……我看的電影不算多，但應該算喜歡……井熊妳呢？」

「普普通通，但我討厭恐怖電影。」

「喔，妳會害怕？」

「啊？我才不怕！少亂猜，我宰了你喔！」

好可怕！我好奇問問而已，何必朝我暴露殺意？

井熊踢飛腳邊的小石頭。

「我爸媽在我還小的時候，播了《惡靈古堡》給我看，害我有心靈創傷。我真的看不了那種噁爛的題材。是說就算不是畫面噁爛的，我也不懂恐怖電影有什麼好。幹麼浪費寶貴時間，特地看電影嚇死自己？蠢死了。」

「這個……嗯——……」

我思考了片刻。

「因為，他們想蓋掉一些東西吧。」

「蓋掉？」

「人碰到害怕的東西，印象總會特別深刻，就跟妳的心靈創傷一樣。所以當他們想要忘記討厭的事，就去看一場特別恐怖的電影……不一定要恐怖電影，也可能去看很悶的、餘韻很糟糕的電影，就可以蓋掉討厭的心情……所以，明知道內容很可怕，我還是會忍不住去看……」

最能逃避現實的方法，就是一頭栽進故事之中。電影、漫畫、小說，哪一種都好。讓人心臟一緊的恐怖故事，毫無救贖的悲劇結局，又或是能在心上撕扯出傷口的苦悶故事，都幫助人轉移注意力，逃離現實生活的痛楚。

一段難堪的記憶，只能用更討厭的記憶掩蓋。所以，人才會在故事中尋求恐怖與痛苦。我覺得這種自找苦吃的行為，很接近自殘得來的安心。

「莫名其妙。」

井熊一腳踢開我的結論。

「幹麼用恐怖去掩蓋？去看漫才表演搞笑，讓心情愉快，不是更好？」

「漫才……」

「YouTuber 也可以啊。」

「嗯……」

我想說，這兩種作用不太一樣，但我沒辦法具體解釋到底差在哪裡。

「我想要忘記討厭的事，就會聽喜歡的歌。音樂比電影更值得相信嘛。聽音樂花的時間短，又能重新調整心情。」

「原、原來如此。」

「你沒有喜歡的歌手？」

「我應該、沒有特別喜歡的歌手。」

「那你喜歡哪一種音樂類型？知道另類搖滾嗎？」

「呃……抱歉，我沒在聽音樂，不知道妳在說什麼……」

「──是喔。」

這句「是喔」，滿載失望。

我心想，我們連價值觀都合不來。井熊應該也起了相同念頭。旅行才剛開始，真是前途堪憂。

我們來到十字路口。儘管我們身處暫停現象，要在紅燈時穿越馬路，腳步仍然不自覺加快。

我們經過燒烤店前，香噴噴的肉味撩撥鼻腔。時間停止，卻感覺得到香味。把香氣的源頭想像成一些細小粒子，我們只是將停留在空氣中的粒子吸進鼻腔，聞得到香氣很正常。不過，照這個道理來看，光又是如何？

抬起頭來，陽光非常刺眼。不過現在時間靜止，光子應該會停止流動，世界當然隨之陷入黑暗。為什麼現在會這麼亮？不只太陽，人造燈光也一樣明亮。光不受暫停現象影響？

「別的。」

「我叫你改聊別的話題啦。不要一下子就閉嘴，什麼都可以，你繼續說。」

「咦？」

「抱、抱歉。」

我沒辦法解析時間靜止的原理。現在就想想怎麼讓井熊開心好了，聽她的聲音，她似乎積了不少焦躁。

不過，別的話題？我還能聊什麼？要找我們之間的共通點，又找不到能開啟對話的話題。

我左思右想，決定想到什麼問什麼。

「那……妳、妳喜歡的食物是什麼？」

「壽司。」

「那，喜歡的壽司配料是什麼？」

「海膽。」

「海膽……妳喜歡海膽的哪一點？」

井熊猛地轉向我，一副要撲上來的樣子。

「你在耍蠢嗎？笨蛋！什麼叫做『喜歡海膽的哪一點』？誰會問這種問題？是說你太不會聊天了吧！小學生都比你會找話題！笨蛋！」

她的怒吼快讓我耳鳴，我當場道歉：「抱、抱抱抱歉！」

不過我有生以來，第一次因為這麼不講理的原因被吼，而且她連續罵我兩次「笨蛋」。我根本不是故意耍蠢，她要我隨便找話題，但我真的不知道該聊什麼。不過海膽那題，連我自己都覺得怪怪的。

井熊長吐一口氣，讓自己冷靜，之後冷冷地望向我。

「你沒朋友吧？」

「唔。」

「你被人欺負過，對吧？」

「嗚唔。」

井熊的話狠狠捅進我心裡。她說中了。

「我從見到你開始，你整個人就很陰沉，要人不欺負你都難。感覺你在學校沒什麼地位。」

剛才這句話，直接刺進我的心靈深處。那句話跟幾句「笨蛋」、「陰沉」不一樣，像是有人痛毆了我的心窩，在我體內留下悶痛。我低下頭，停下腳步。

井熊走了幾步，也停下來，回過頭來。她踩著三七步，不滿地環抱胸口。

「幹麼？生氣啦？」

「——我才沒有生氣。」

「又來了。你的態度明明就是心裡有想法，那就不要閉嘴不說啊。我看了就火大。」

血液彷彿往頭上衝去。我捏緊拳頭，抬起臉。

「妳、妳既然覺得火大，那何嘆……何必邀我一起走？妳自己去東京就好啦。」

我很少生氣，話說到一半還舌頭打結。用不著看鏡子，我知道自己氣得耳根子都紅了。相較之下，井熊依舊眼神冰冷，盯著我看。

「你問為什麼？當然是因為有人在旁邊比較方便啊。」

井熊說了句「而且」，撇過臉去：

「你喜歡男人吧？」

「——咦？」

「你之前想碰的那個男生，是跟你同校的學生，對吧？我是不在乎別人要喜歡男生還是女生，既然你對女生沒興趣，我想說一起走，應該不會害到我。」

我花了點時間，才理解井熊的意思。

我想碰的那個男生，她應該是說永井同學。井熊看到我伸手要碰永井同學，然後誤以為我喜歡男生。

「什、什麼啊……」

我感覺肩膀一陣脫力。怒氣不翼而飛，背包的背帶差點滑下來。

井熊一臉不解。

「咦？不是嗎？」

「嗯，我沒特別喜歡男生。」

井熊目瞪口呆，看來她大受打擊。

「騙人，那……那就、不行了嘛。」

我不知道井熊是指什麼「不行」，她往後退了一步，還莫名壓低身子。井熊第一次見到我的時候，也是相同反應。誤會已解，她又開始對我抱持戒心。

我心想，她好麻煩。我們已經相處好幾個小時，事到如今才開始提防我，我才困擾。我不太願意解釋，還是告訴她我的苦衷。至少她聽了，應該會放下戒心。

「呃……如果妳問我是不是喜歡女生，這說法也不太正確。其實我——」

討厭的回憶，登時重演。

無數的手，譏笑，老師的笑容，體育課，肚子痛，屋頂。

那些記憶宛如用黑色蠟筆亂揮亂畫，紛亂不堪。我想忘記，記憶卻悄悄蠶食內心。我找老師商量自己的病，成了開端，開啟我國中形同地獄的每一天。

我的臉頰內側，緊咬牙根。

現在不一樣。

這裡不是學校，對方也不是老師、同學。讓井熊知道內情，並不會害到我。我現在不主動提，只要旅行繼續下去，她總有一天會發現。

「我碰不了人。」

我下定決心，說出這句話。井熊訝異地蹙緊眉頭。

「我不是潔癖，只是沒辦法碰別人。摸蟲、摸動物都沒事……只有人類不行。所以，我不會傷害妳……至少我不可能從物理上對妳動粗。」

我短暫喘口氣，繼續說：

「——井熊說得沒錯，我的確在學校沒什麼地位。拜這病所賜，我沒辦法跟任何人好好相處……當然啦，也可能是我個性太陰沉的緣故。」

我下意識自嘲。

我向前走去。我已經說清楚我的苦衷，井熊不相信就算了。她想放棄這趟旅行，或是想自己走自己的，就到時候再想辦法。原路折返有點麻煩，不論如何，我會繼續往南前進。

我走向前不到兩、三秒，隨即聽見腳步聲。

井熊小跑步，跟我拉近距離，來到我隔壁走著。接著，她瞥了我一眼，又把目光轉向前方。

「——你喜歡吃什麼？」

「咦？」

「我叫你告訴我，你喜歡吃什麼啦！只有我回答你，不公平。你也要多說點你自己的事。」

「呃、嗯。」

她似乎想繼續旅行。她沒有抗拒我，讓我有點安心。

「我喜歡吃的……日式炸雞塊吧。」

「哇，你選了一個超安全的答案。」

「妳說安全……但我是真的喜歡日式炸雞塊。」

「算了，我也不討厭啦。可是真要比，我比較喜歡『ZANGI』。（註1）」

「『ZANGI』……有這種食物？」

「咦!?你沒聽過『ZANGI』？」

「呃，對。我倒是知道格鬥遊戲的『桑吉』……」

「格鬥遊戲的『桑吉』又是什麼……？」

在那之後，我繼續沿著海邊前進，一邊和井熊閒聊。我說累了，就沉默不語，井熊催了我，我又繼續說，不停重複這個循環。

手錶顯示為晚上八點。時間停止流動，所以外頭天色仍是亮的。不過我現在很累，沒力氣管天色亮不亮。前一個小時到現在，我和井熊完全沒開口說話。

我們一整天都在走路，途中只休息了幾次。膝蓋吱呀作響，腳底長了水泡，每

註1　ZANGI：原文為「ザンギ」，意指炸雞，是北海道當地獨有的用詞。

踩一步，水泡都在彰顯自己的存在感。

我們想找地方住宿，但路上找不到飯店或旅館。於是，我們路過一間自營的商店，進了店，卻不知該如何是好。

「好、好累，我走不動了……」

井熊說著喪氣話。她無力地癱在商店前的長椅。

我看了看商店。店裡的裝潢，就像《櫻桃小丸子》裡的零食店。收銀檯旁，有一位滿臉皺紋的老婆婆。商店內側放了遊戲機臺，勾起我的童心。如果時間正常流動，我已經去打遊戲了。

總之，我拿了五百毫升的水和營養能量棒，把錢放在收銀檯旁。現在自來水不能用，水很珍貴。

走出店外，美麗的日本海一覽無遺。假設時間正常，我們離這麼近，應該聽得見海潮聲。我走了好幾個小時，路上只有山林海景，大自然景色帶來的感動也遞減了。

「我說，要怎麼辦？」

井熊說。

我坐上長椅，把水和營養能量棒收進背包。

「最糟糕的狀況，就是我們隨便住進某間房子……」

井熊聽了，面有難色。她的反應如我所想，我也希望把這點子當作最不得已的方法。就算時間停住，我還是很不想跑進陌生人家裡睡一晚。我們可以睡在外面，但沒有床可以躺，感覺身體會撐不住。再說，這附近離海很近，冷得很，睡覺不蓋棉被，應該會感冒。

「該怎麼辦……井熊，妳熟這附近嗎？」

「誰會熟啊？我頂多小時候搭爸媽的車經過……就算我是北海道人，也不可能完全瞭解北海道的地理，好嗎？」

「呃、也對，抱歉……」

我整個人靠上長椅。

望向另一頭的陸地，只見緩坡另一頭看得見住家。再走一段，也許找得到能住的地方。不一定要找飯店或旅館，有公共澡堂也夠了。但一想到往前走可能撲空，身體就像鉛塊一樣，越來越沉重。

我癱在長椅上，好一陣子不想起身，眼睛看向斜坡上的電線杆。電線杆上掛著小小的指示牌。

左轉一百公尺前方——

「啊。」

我下意識喊出聲。

「幹麼？」

「我搞不好找到能休息的地方……」

「哪裡!?」

井熊激動地湊過來。我則是有點畏縮，答道：

「小學。」

這棟校舍是兩層樓，小歸小，看起來五臟俱全。

這座小學的外觀，比較像大一點的市民活動中心。從校門外看不見裡頭的樣子，但今天是平日，這時間學生應該還在上課。

「——真的能住嗎？」

井熊怯生生地問。

「我想說，保健室應該有床可以躺……」

真的走到學校前面，我們反而猶豫了。畢竟學校不是用來住宿，而是受教育的場所。跟擅自住進飯店，完全是兩碼子事。

井熊面有難色地低吟一聲，往前踏出一步。

「來都來了，只能進去啦。」

「──也對。」

我也往前走，通過校門。

我們經過換鞋區。鞋櫃收著許多鞋子。走廊空無一人，但校內的確有學生。

我們脫了鞋，來到走廊。換鞋區放了外賓用的拖鞋，我們就借用了拖鞋。

保健室應該在一樓。這座校舍不大，應該馬上就找得到。

「感覺我們好像在做壞事。」

井熊嘀咕著，她好像覺得有趣。

我們沿著走廊前進，馬上找到「保健室」的門牌。井熊走在前頭，慢慢打開保健室的門。其實現在不用怕發出聲音，但我懂她的心情。

我跟在井熊後頭，走進保健室。幸好，保健室沒有人，內側擺了兩張病床，都是空的。

井熊把行李放在地上，正面倒向病床。

「啊啊啊──累死了……」

她把臉埋進枕頭，四肢放鬆，接著像沒電了似的，一動也不動。

我從背包拿出水、毛巾跟牙刷，來到走廊。

洗手臺在走廊另一頭，我走向洗手臺，途中經過教室。門牌標著「二年一班」。我往窗內看了看，有二十個小孩子坐在座位上。這個時間正好在上數學課。

我馬上把目光拉回前方。我對小學——或者說任何學校，都沒什麼好印象。我不能跟他人接觸，對我而言，學校不過是充滿野獸的巨大牢籠。又吵又危險，沒有地方讓我安心。升上高中之後，狀況稍微好一點，但待在教室裡，還是讓我喘不過氣。

洗手臺到了。

我用瓶裝水洗臉、刷牙。可以的話，我當然想泡個澡，現在只能忍耐。

回到保健室，井熊坐在床邊，凝視窗外。我從她後方望向外頭，有一群穿著短袖的孩子。他們正在踢足球。每個人都固定不動，仍看得出他們無比活潑、有精神。

「是體育課……嗎？」

我坐上病床，彈簧發出摩擦聲。井熊踢掉拖鞋，回過頭，盤腿坐著。

「什麼『嗎』？看就知道他們在上體育課啦。」

「可是他們沒有穿運動服。」

「運動服？」

井熊眨了眨眼，彷彿聽到陌生的外來語。她隨即「喔」了一聲，似乎覺得很無聊。

「北海道的小學不穿運動服啦。」

「咦？真的？」

「我騙你幹麼？我們想穿什麼就穿什麼。」

我都不知道，小小地受到文化衝擊。

「還有，我們也不背制式書包。」

「是嗎？」

「嚴格來說，是到高年級開始才背書包。北海道很冷，衣服都穿很厚，一到冬天再背書包，肩膀會很擠。所以等我們升到高年級，才開始背普通的背包或束口背包。」

「嗄啊，真好，感覺好先進。」

「哈，哪裡先進了？只是叫學生家裡自己準備要用的東西。北海道地方大得要命，東西卻少到不行。」

井熊又補上一句：「也要看住哪裡就是了。」

函館看起來沒那麼鄉下，但她可能覺得不夠繁榮。我有點羨慕她，可以有這種感覺。

「對了，聽說北海道的體育課還能滑雪……？」

「喔，札幌或旭川那邊吧？我學校沒有滑雪。」井熊說。

「這樣啊……」

「但我們學校中庭會鋪溜冰場。」

「咦？真的喔!?」

「你從剛剛開始一直很吃驚。」

井熊無奈地說。

「溜、溜冰場要怎麼鋪啊？」

「就有一種灑水車，可以灑水。過陣子水就會結凍，重複灑水灑個幾次，就完成啦。」

「好厲害，學校裡面居然可以溜冰……」

我好難想像。我上小學的時候，學生光是看到下雪，就興奮得不得了。

「溜冰啊……我都沒溜過冰。」

「真的假的？東京人都不溜冰？」

「呃，一般人應該有溜過。只是我自己沒溜過冰……」

我有點後悔，不該自爆。感覺像在說自己沒見過世面，好丟臉。不過，井熊似乎不太在乎。

「真浪費，冬天不溜冰，就只剩冷天而已啊。」

「有這種說法……？」

「總之，有機會你去溜溜看就好啦。」

井熊打了個呵欠：

「好睏……我差不多要睡了。」

我瞥了眼手錶，現在是晚上九點。這時間睡覺有點早，但我們今天走了很多路，很累了，我也很睏。

井熊從病床上起身，抓住隔間簾，朝我瞇細了眼。

「你敢偷看，我就揍你。」

「我才不會偷看……」

她唰的一聲，拉上布簾。

我解開手錶，放進褲子口袋。我不希望手錶時間產生誤差，睡覺的時候也不能讓手錶離身。

我把外套掛在病床護欄上，躺上床。一躺下，身體頓時釋放睡意和疲勞。我今天一天就走了三十公里，已經累癱了。腳跟肩膀很痛，看來需要減少一點背包內的行李。

保健室的燈光有點刺眼，但還算睡得著。特地去關燈太麻煩，反正開著燈不關，現在也不會浪費電，維持原樣就好——咦？現在時間停著，保健室的燈光關得掉嗎……算了，這問題、現在不重要——

＊

有一道大人的背影。

那是有稜有角的男人背影，他肩上散落點點白屑。他握著筆，在眼前的畫布揮毫滑走，肩胛骨在衣服後方蠕動著。我蹲坐在地板上，盯著那背影整整兩個小時。

男人坐在椅子上畫畫。從他身後看去，他看似隨便塗抹藍色，但仔細一看，藍色有深有淺，我漸漸看出了規律。這幅畫色彩柔和，看著看著，心裡莫名沉靜下來。

男人放下筆，從口袋取出手機。那是上一個世代的功能型手機。他看了手機螢幕一陣子，把手機收回口袋，面向了我。

他雙頰凹陷，眼睛下方有深深的黑眼圈，看起來就很神經質。

，

他就是我的舅舅，暮彥舅舅。

「再過一個小時，就有人來接你。太好了，你可以回家啦。」

這裡是暮彥舅舅家。是位在足立區的一間小公寓。房間充滿油畫調和油的氣味。有些人聞到這種化學氣味，也許會刺激得皺起臉，但我滿喜歡這味道。

「我不想回家。」

我說道。

暮彥舅舅聽了，直接面露不悅。

「不要耍任性。你今年幾歲了？」

「我十歲了……」

「那你已經算半個大人了，大人不會耍賴。」

「可是我在法律上還算小孩。」

「小孩少給我搬出法律說嘴。」

「你說的話亂七八糟的。」

我嘆了口氣，把臉蹭上自己的膝蓋。

「──我回家會被罵。」

「那你就不要一個人跑來這種地方。幸好我在家……不過，你到底是怎麼跑到這來的？你又不會搭電車。」

「不知道……」

「不知道咧……算了，隨便啦。」

暮彥舅舅中斷對話，重新開始畫圖。

平靜的時間逝去。太陽西沉，夕陽從窗外灑入室內。房間的空氣漸漸染上蜜糖色澤。外頭忽然傳來腳步聲。有人沿著公寓外的階梯上樓，在走廊上快步走著。接著喀鏘一聲，隔壁戶的門打開了，對方可能是下班回到家。時間來到六點，小孩子該回家了。

我抬起臉，問了暮彥舅舅。

「我還是回家比較好嗎？」

「你是多不想回家？」

「因為媽媽和爸爸老是為了我吵架。」

「哈，真是爛爸媽。」

「暮彥舅舅是媽媽的弟弟，對不對？你能不能幫忙？」

「我沒轍，她很討厭我。」

「——那如果我留在這裡，他們會不會和好？」

「你怎麼會想到那裡去？你留在這，他們只會吵得更凶。」

不管我說什麼，暮彥舅舅一、兩句話就了結我的想法。我突然開始厭煩世上的一切。

「我哪裡都不想去，家裡、學校，都好煩……」

暮彥舅舅慢慢放下畫筆，接著面向我。他消瘦的臉龐，神情難以言喻，似笑非笑，又像在可憐我。

「茅人，你跟我一樣啊。」

暮彥舅舅，離開椅子，跪坐下來，和我對上了眼。

「因為我們一樣，所以我懂你的心情。好煩？不對，你只是在害怕，不是怕爸媽，也不是怕學校，而是害怕更龐大的『東西』。」

「龐大的東西……？」

「對，那就是——」

叮咚，門鈴響了。轉瞬之間，玄關傳來房門打開的聲音。

「只能聊到這了。」

暮彥舅舅低喃一聲，房間門開了。門縫中看到一條潔白細長的手臂。門完全打開之後，也只看到手臂。

倒不如說，我只看到一條手臂。

那手臂長得不可思議，宛如白色大蛇，朝我伸來。我呆愣在原地。手瞄準了我，像蛇一樣張開大口，一把抓住我的手腕。

＊

「——！」

喉頭發出不成聲的慘叫，我當場從床上跳起來。

我先是陷入輕微恐慌，望向被抓的手腕。什麼都沒有。畢竟我只是作夢，手上當然沒東西。

我才剛鬆了口氣，下一秒又嚇得尖叫。這次我正常喊出聲了。有個人站在床邊，穿著黑色棉衣、棉褲。我的視線往上抬，才發現那人是井熊。她瞪圓了眼，從上方看著我。

「原來你之前說的，是真的啊。」

井熊的語氣像在佩服什麼。

我隔著衣服，按住亂跳的心臟。希望我的反應沒有嚇到她。是說，她說「我之前說的」？我之前說了什麼？井熊不是用隔間簾隔開兩張床，她怎麼會站在我的床旁邊？問號擠滿我剛睡醒的腦袋。

「妳、妳剛剛在做什麼？」

「我只是想試一下。」

「試……？」

我不解地問。井熊把自己的右手舉到胸前，右手袖口拉了上去，露出潔白纖細的手腕。

一瞬間，腦中閃過夢境的內容。從門口伸進來的手臂，瞬間和井熊的手重合。

難不成——

「妳、妳擅自摸了我……？」

「因為，你可能說謊嘛。」

我頓時全身血液抽乾了似的，意識一陣模糊。我勉強保持清醒，隨即感到憤怒與失望。我突然很厭惡井熊，我已經解釋過原因，她還做出輕率舉動。

我下了床，直視著井熊。

「妳再隨便碰我一次，我就不跟妳一起走了。」

我盡可能讓口氣強硬。井熊聽了，一臉大受打擊。

「你、你不用這麼生氣吧！」

「換作是井熊妳睡覺的時候……那個、突然有人在妳身上摸來摸去，妳會怎麼想？」

「摸來摸……」

井熊抱住自己的身體，看來她也覺得討厭。

「我就跟妳一樣討厭別人亂碰。妳不答應我，我就回去了。我說真的。」

「你說回去，是要回哪裡？」

「這個……」

我一時語塞。

能回去的地方，是東京？還是函館？剛才那句話只是下意識說出口，沒太大意義。我還是不自覺思考了一下。

「總、總之，我說不行就是不行！」

「好，我知道了啦。我不會再犯了，你不要生氣啦……」

之後井熊就離開保健室，看起來很內疚。

強烈的自我厭惡，壓得我癱坐在床上。我一個十七歲的男生，被同齡女孩摸了一下，就慌了手腳。這話聽起來丟臉得要死，而且，我也不能苛責井熊。換作我是她，我也不會輕易相信一個人不能給人摸。萬一我說謊，她大概會擔心自己的安危，擔心到晚上睡不好。

——不過，不知道是好是壞，井熊有點神經大條，我其實不用幫她想太多。

頭有點痛起來了，我才剛睡醒，實在不該思考。我中斷了自我反省。

我做好洗臉的準備，走向洗手臺。

一到走廊，陽光從窗外晒進來，刺得我眼底一陣痛。現在是幾點……啊，是十一點十四分。不對，我睡了多久？

手錶還放在口袋。我拿出錶來，時針指著六點。我睡了大概九個小時。腳和肩膀還有點痛，但已經緩解大半疲勞。保健室的床睡起來比飯店的床還舒服。

話說回來，剛才的夢真讓人懷念。我是小學的時候去外宿，所以應該是夢到自己小學生的時候。

夢境最後，暮彥舅舅到底想說什麼？

我和井熊在保健室吃了早餐。我們默默吃著食物，我的早餐是自營商店買來的營養能量棒，井熊的則是不知哪挖來的甜麵包。填飽肚子之後，我們便離開小學。

我們下了斜坡，來到從函館延伸而來的沿海道路。

井熊伸了伸懶腰，不耐煩地望著道路前方。

「我已經走這條路走膩了……」

「那要走別條路？」

「咦？有別的路？」

我事先在大衣內袋放了北海道南端的地圖。我攤開地圖，井熊也湊過來。不過她是從稍遠的地方探頭看地圖，小心地不碰到我。

「我看看，現在我們走的這條路叫做『松前道』，從這裡……啊，往陸地那一側還有一條路。」

「感覺有點繞遠路耶，而且那不是山裡嗎？感覺很多蟲。」

「有蟲，蟲也不會動。」

「不要挑我語病！」

被罵了，不過我已經習慣她生氣，被罵也沒什麼感覺。

井熊嘆氣道：

「沒辦法，就忍一忍，繼續走這條路。」

「再走個二十公里，就會到比較發達的城市了。」

「啊～好遠喔。北海道真是大得莫名其妙。」

她抱怨自己的家鄉，跨開步伐。我摺好地圖，收進口袋，追上她。

「是說，我昨天想到一件事。」

井熊走著，語調懶散地說。我應了一聲，讓她繼續說。

「我們要怎麼洗衣服啊？」

「啊……只能手洗了，有點不方便。」

「手洗不方便是沒錯啦，可是，沒辦法晒衣服。」

「咦？沒辦法晒？」

「我──是──說──衣服晒不乾啦。」

我聽完過了三秒，才明白井熊擔心什麼。

「真、真的，晒不乾！怎麼辦……？」

「所以我才問你啊。」

就像我之前吃泡麵時的狀況。晒了衣服，衣服受暫停現象影響，等再久都乾不了。這下事情嚴重了。

「用不了烘衣機……吹風機也沒用……啊，對了，乾脆像旗子一樣，把衣服掛在晒衣桿之類的桿子，直接用手拿著，邊走邊晒？」

我只想了幾秒，意外想出好點子。不過在實際測試之前，不知道這方法晒不晒得乾就是。

「不要，我的內褲會被看光耶。」

對方當場駁回。

「也、也對……嗯唔……」

她說得對，我也不太想拿著晒了內衣褲的竹竿走路。但是有別的辦法？

我苦思了好一陣子，井熊半放棄地說：「乾脆不要洗衣服？」

「呃……這樣太不乾淨了吧？」

「笨欸，當然不是叫你穿同一件衣服。我們就一邊換衣服，一邊前進。」

「可是換著穿，也有極限……」

「所以我們要弄新的衣服來呀。」

「妳是說買新衣服？」

「這個，算是啦。」

我當下差點接受她的提案，但這提案還是有缺點。

「我們特地買新衣服，會不會一下子就沒錢……我現在就沒剩多少錢了。」

「這個就、就稍微借走一下衣服。」

「妳說借走……不、不行啦，妳是說把衣服穿完就丟，對不對？食物事關生死，算是沒辦法中的辦法，但我們連衣服都用偷的，會變成強盜……」

「那你要怎麼辦？我可不想一直穿著髒衣服。」

「嗯～～」

這是個大難題。最糟糕的狀況，逼不得已要按照井熊說的做，我還是想苦思到最後一刻。不對，我一定得想出辦法。我們確實碰到特殊情況，但至少要遵守最低限度的法律，不然我們會變成罪犯。井熊做事不太在乎道德底線，只能靠我想法子。

我全力絞盡腦汁，終於冒出一個點子。

「用除臭劑撐過去，怎麼樣？」

「你覺得撐得過去嗎？」

「應該能撐一陣子……」

井熊用表情告訴我，沒得談。

算了，還有時間，不要著急，慢慢想好了。

我跟井熊討論洗衣問題，討論了好一陣子。

討論過程一再拉遠、跑題，花了大概半天，終於得出一個解決方案。不，嚴格來說沒有解決。在井熊看來，這比較接近「可妥協」的方法。

而我們想出的方案如下：

首先，衣服脫下來之後，清洗幾個比較容易弄髒的局部，像是脖子、腋下。洗乾淨之後不晒乾，直接穿上身，結束。衣服穿在身上，就不受暫停現象影響，在我們走路的時候就會自然乾。溼掉的部分太不舒服，就在衣服跟身體中間夾條毛巾。

再來，內衣褲不能只洗局部，所以洗乾淨之後用毛巾包好，隨便掛在身上。找個不太顯眼的位置，看是要掛在背包的一角，還是用背部的扣帶綁住，應該就沒問題……我自己是這麼覺得，不過——

「呃，不要……」

井熊一臉嚴肅否決這提案，所以內衣褲部分只能讓她自行處理。這算是無可奈何。

洗衣問題談到一個段落，我們找到一間小旅館。外牆的溫泉符號令人心頭雀躍。旅館前方，還有一道便利商店的招牌。

「喔！這裡很讚耶！」

井熊雙眼發亮地說道，我也點頭連連。今天走的距離不如昨天，也走得夠遠了。我們今天決定休息。

我們走進旅館，便在內側看到暖簾，暖簾後方通往澡堂。第一眼望去，這裡的內部裝潢與其說是旅館，更像公共澡堂。客房在二樓，「現在」是平日上午，沒有太多房客。

我和井熊把行李放在一樓的休息區。我們準備好泡澡用品後，馬上各自通過男澡堂、女澡堂的暖簾。畢竟時隔兩天能夠泡澡，我跟井熊都迫不及待。

進了澡堂之後，我享受了一個小時溫泉，又回到休息區。過沒多久，井熊也回來了。她穿著昨天在保健室的那套棉衣、棉褲，看來那就是她的睡衣。

「用不了吹風機，好煩……」

井熊的瀏海溼淋淋的，不耐煩地把瀏海往後撥。光溜溜的額頭變得很紅潤。

「沒辦法，只能讓頭髮自然乾。」我說。

「我知道啦。」

井熊正要從地上撿起背包，突然僵住不動。她彎著腰，眼睛直視櫃檯方向。我順著她的視線看去，那裡有一臺四面玻璃冰箱。她走到冰箱前，從冰箱裡拿出瓶裝咖啡牛奶，簡直像在自家冰箱拿東西。接著，她把牛奶瓶貼到臉上。

「啊～揪涼欸……」

她舒服地讚嘆道。

「那是方言？」

「啊？你說啥？」

「妳剛剛說『揪涼欸』。」

「喔……關東不會這麼說，『揪涼欸』就是『好冰』的意思。是說講幾句方言又沒關係，不要管別人說什麼啦。」

「抱、抱歉……」

我其實不打算管她怎麼說話，還是反射性道歉。我也稍微反省了一下，不需要每次聽到別人講方言，就拿出來問。

「啵」的一聲，井熊打開瓶蓋，大口灌了起來。她的喉頭上下扭動，汗水滑向太陽穴。她喝得豪邁，我不禁看傻了。

「噗哈！」井熊的嘴離開瓶口。

「啊——活過來了。」她說。

我赫然回神。

「妳要付錢啊。」

「你幫我付。」

「嗄啊？又要我付？」

井熊似乎把我當成人形錢包。一路上只要有買東西，我都得幫她付錢。我可能太寵她了。

「才一點錢而已，又沒關係。是說，你要不要也喝一瓶？」

「我就說不行了。我手上沒剩多少錢，要節省一點……」

「唉，你又來了，這麼正經。反正之後一定會花光，現在省錢根本沒意義。而且你不喝點甜的，腦子轉不動喔。」

井熊說完，又開始喝咖啡牛奶。看她喝得津津有味，我也有點心動。剛泡完澡，喝一瓶咖啡牛奶，一定特別美味。

我爽快地敗給誘惑。

我把兩人份的錢放在櫃檯，從冰箱拿了一瓶咖啡牛奶。冰涼的牛奶瓶，馬上吸走掌心的熱度。我打開蓋子，喝起牛奶。牛奶冰涼香甜，緩緩流進火燙的體內。

這、這真是……太好喝了，出乎我意料。清涼液體漸漸流向疲憊身軀的每一角。

「幸好有喝，對吧？」

井熊得意地笑了。我感覺心頭一陣麻癢，又喝了一口咖啡牛奶。

啟程之後，今天是第三天。

現在時間停住了，說是「第三天」，其實並不正確。不過，我們出發之後睡過兩次覺，暫且先把「今天」當成第三天。

我和井熊以青函隧道為目標，繼續沿著國道走。

離開旅館之後，過了兩個小時，沿海道路開始彎向陸地。我們遠離海岸，走在田野之間的泥土路，不停前進。一路上就靠著指示牌和地圖找路。

走進山路，天空開始轉陰，溫度一口氣降下來。說是「轉陰」，其實只是我們走到了陰天之下，天氣並沒有改變。

「對了，青函隧道不知道有多長？」

我邊走邊喃喃自語。井熊非常討厭沉默，我也在這短短幾天內養成習慣，想到什麼就說出口。

「原來你不知道啊？」

「嗯，我知道那是日本最長的隧道……好像汽車沒辦法過？」

「車子不可能過啦，只有新幹線能過。你讀東京的學校，連這都不知道喔？」

「這跟是不是在東京念書沒關係吧……」

井熊似乎過度美化了東京。她真的以為東京的學生家家戶戶都很有錢，能讀好學校。我跟她解釋過，東京有窮人，也有小鄉下，她卻以為我在開玩笑，左耳聽右耳出。真搞不懂她。

「井熊，妳知道隧道有多長？」

「當然，北海道人都知道。」

「真的嗎？」

她絕對在騙我。

「大概二十公里吧。」

「大概……井熊，妳自己也不是很清楚啊。」

「學校又沒教。」

我覺得她太隨便了，而且她居然以為能用記不清楚的知識贏我……

只看地圖的隧道標示，的確跟井熊說的一樣，大概二十公里。但是按照隧道出入口的位置來看，也許會更長一點。

「啊。」

井熊指著道路前方。

那裡有標示。我瞇眼看，可以看到「青函隧道　北邊出入口」的字樣。

「咦？已經到了？」

我吃了一驚。我還以為出入口要更前面一點，井熊也很訝異。

總之，我們順著標示走去。緊接著，道路另一頭出現一座小小的木造觀景臺。

上去觀景臺一看，可以看到電車軌道，以及前方的隧道出入口。那應該就是青函隧道的出入口。

「哦？那個就是青函隧道……」

井熊的感想聽起來很悠哉。

我們折回原路，走向通往青函隧道的軌道。

「……」

接著，我們默默走著。

我心裡升起不妙的預感。青函隧道的出入口這麼近，代表隧道恐怕比我們想像得還要長。井熊難得安靜下來，可能跟我有一樣的猜想。

根據隧道全長，我們需要準備得更充足。

我們暫時繞到附近的汽車休息站。在那裡上廁所，可以的話還要準備食物。

抵達汽車休息站後，我們走進一層樓的平房內，架上擺了許多當地出產的蔬菜。裡頭還賣一些輕食、飲料、水等等，品項算是豐富。

我看井熊走向點心貨架，也去買了新的水。接著，我在商店內側發現傳單架，放了一些導覽、簡介。導覽封面出現「青函隧道」四個字，吸引我走過去。我拿起導覽，翻開一看，上頭刊了一些青函隧道的簡介。青函隧道在這一帶，似乎是小有名氣的觀光景點。

「嗄!?」

我看到某一行描述，不由得驚叫出聲。

井熊嚇了一跳，走來我這。

「喂，怎麼了？」

「妳、妳看這張導覽！」

井熊拿起另一份跟我一樣的導覽，讀過內容，接著詫異地瞪大眼。

「哦！前面有溫泉啊。」

「我說右邊那一頁。」

「右邊？」

她不耐煩地把目光拉回導覽，這次又驚呼一聲。

「青函隧道，有五十三公里……」

沒錯，就是這段。

正確來說，青函隧道全長達五十三點八五公里。比我們預想的長度長了兩倍。井熊之前得出的「二十公里」，應該只有陸地邊緣對邊緣的距離。我的預想跟井熊一樣。但事實上，不論北海道、本州的哪一側，隧道的出入口都在更深入陸地的位置。

「五十三公里……那要走多久？」

「我算算，前天走過的距離大約三十公里……所以應該是兩天左右？」

「真的假的？」

井熊登時渾身戰慄。

要整整走上兩天，才能通過超過五十公里遠的隧道。不是做不到，但很費力氣。

井熊默不作聲，神情苦惱。

「——還是別過隧道了？」我說。

我們不是非得去東京不可，也可以繼續留在北海道。井熊卻馬上回答：「要過！」

「我們都走到這了，不可能回頭啦。只能過去了。」她說。

「那，廁所該怎麼辦？隧道裡面有地方能上廁所嗎……」

「——我忍。」

「不太可能忍整整兩天……」

井熊低下頭，又不說話了。

她心裡沒計畫，卻心意已決。照她的個性，她不太可能把話吞回去。

我想了想，摺好導覽，收進口袋。

「妳記不記得一個小時之前，路上有一間生活百貨？我們去那邊準備好東西再出發。聽說最近的防災用品出了攜帶式廁所……對了，還需要手電筒。」

井熊抬起頭，用力點頭：「好！」

我不像井熊這麼堅持要去東京。不過，我想幫上她的忙。我這只是受人利用，但被他人需要，其實感覺並不壞。

等到我們做足旅行準備，疲勞、睡意也很重了。

這一天，我們選擇住在生活百貨。店內的露營用品區設了帳篷，我們睡在帳篷裡。感覺很新鮮，睡起來卻非常不舒服。

我們離開生活百貨，又一次走向青函隧道。之後，沿著山間道路前進，在高架橋下方停下腳步。上方就是通往青函隧道的軌道。我們沿著軌道走，找找看有沒有地方能上去高架橋。

往前走了幾分鐘，我們在高架橋下找到工程用的鷹架。運氣真好，這裡上得去。我們馬上跨越禁止進入的柵欄，沿著鷹架往上爬。鷹架頂端架著金屬梯，上了梯子之後，終於能踏進軌道。

「終於要進去了呢……」

我感慨萬千地低喃。

感覺自己像在走鋼索，其實是走鐵軌就是了。假如現在時間正常流動，又被站務員發現，肯定被痛罵一頓還不夠，最慘可能會被逮捕。

不過，若不是時間靜止，我這輩子都不可能站在新幹線的鐵軌上。一想到這，莫名覺得不可思議。

「看起來滿好走的嘛。」

井熊輕輕踏響了腳步。

軌道下方鋪了水泥之類的建材。軌道有兩條，用汽車道路形容，就是二線道。不過一條軌道鋪了三條鐵軌。導覽上寫道，因為貨運列車和新幹線的車輪寬度不同，才設成這種造型。

望向軌道前方，青函隧道彷彿張開著大口。我和井熊從彼此的背包中拿出手電筒，手電筒是昨天住宿的生活百貨裡找到的。

「好。」井熊大口深呼吸，收緊心神，說了聲：

「出發！」

隧道中伸手不見五指。

我們仰賴手電筒的燈光，向前邁進。我走在前頭。軌道之間有點狹窄，一不小心可能會被固定鐵軌的螺栓絆倒。

隧道內外的氣溫差距不大，只是空氣有點潮溼。感覺這氣氛就是會冒出「東西」。把燈光往上移，一盞盞小小光芒，隔著同等間隔排開，猶如獸眼。牆上裝著圓形反光板，反射手電筒的光。

「我們走多遠了？」

井熊問道。

在隧道裡，說話聲音再小，回聲都響亮得驚人。不過，大約一秒，回聲就戛然而止。八成是受暫停現象影響。

「我們應該還走不到一公里。」

「嗄啊，真的喔？我已經不想走了……」

井熊嘴裡說著喪氣話，倒是沒停下腳。她抱怨連連，但目前也只有前進一條路可走。

「說點有趣的事吧。」

這趟旅程啟程之後，她已經提過五次相同的無理要求。

「我能說的都說完了……」

「你騙人，你之前說的沒有一個算有趣。」

「對我來說很好玩啊。」

「蟬的生態哪裡好玩了？」

「就是讓人感嘆生命的奧祕……妳想想，蟲其實很類似機器，這一點很有趣的。」

「啊～好無聊喔。我不想聽什麼蟲子的故事，你就講點我沒聽過的事，什麼都好啦。」

「沒聽過的……」

我還是有話題，只是聽起來不太愉快。但能說總比沉默好，我還是說出口了。

「這話題跟隧道有關。聽說，以前的隧道工程很嚴苛。」

「是喔？」

「像昭和時代，但這也難免，當時的技術不比現在先進，發生過很多意外。崩塌、漏水，還有爆炸意外。工作危險就算了，工人待遇也不好。當時有很多人，簡直被當成奴隸對待。」

井熊默默聽著。

「總之，工人的工作環境非常差。還有一些地方會把工人關進小屋，只有工作時間會放他們出來。畢竟隧道工程多半都在深山或邊陲地帶進行，法律很難管到。」

我有點成就感了。井熊那麼容易聽膩，從剛剛開始卻完全沒有插嘴，聽得很專心。

「因為工作環境太糟糕了，很多工人搞壞身體。他們不但沒辦法接受像樣的治療，還有人對工人施暴，逼他們繼續工作……工人死了，就隨便埋在工地附近，甚至還會埋在隧道的牆壁裡。」

「喂。」

我心想，完蛋。她聲音聽起來很低沉，不用看臉，就知道她在生氣。我可能不小心踩爆她的地雷。

「什、什麼事？」

「我剛剛的確說什麼都可以……但你不要說這種讓人反胃的話題。」

「啊、嗯，對不起……」

「你下次再講這類話題，我就拿手電筒揍你。」

她的聲音有些發抖，憤怒之中似乎藏有幾分迫切。看來這話題對井熊而言，是真心覺得難過。是我錯了。

「抱歉……」

我道了歉，對話就此中斷。

又過了一陣子，井熊開口：「是說——」

「你說隧道的牆壁裡、埋、埋了屍體，應該不是……真的吧？」

「咦？呃……嗯，是假的。」

其實那是真人真事，但我認為現在說謊比較好。

不知道井熊有沒有老實地相信我。不過，在這次對話後，井熊完全不說話了。

話說回來，印象中她之前好像說過討厭恐怖電影。儘管本人不承認，她果然害怕恐怖的故事。

「……」

人在隧道裡，再小的聲音都傳得進耳中。井熊的呼吸聲似乎變急促了，她說不定覺得很害怕。我越來越內疚。

「——是、是說啊。」

「幹麼？」

「要不要、玩文字接龍？」

我想賠罪，想想有什麼方法可以消除井熊的恐懼。左思右想，只想到文字接龍。

「文字接龍……你是小學生喔。」

井熊語氣很傻眼。的確，一個高中生很少會因為沒話題，提議玩文字接龍。我不禁有點尷尬。

「好啦，我可以陪你玩玩。」

「咦？真的？」

她的回答出乎我預料，不過我也算得救了，文字接龍比想話題簡單。

「你幹麼這麼驚訝？你不想玩的話，我也沒差啦……」

「不，我要玩。那就從接龍的『龍』開始，龍王。」

「王國。」

「國家。」「阿婆。」「婆媳。」「膝窩。」「窩……窩心。」「心魔。」「又是『ㄛ』……？魔、魔……魔鬼。」「鬼婆婆。」「不要再接『ㄛ』了好不好……？」

開始接龍之後，過了大概五個小時。

「黑白。」「白紗。」「紗窗。」「窗戶。」

我們還在接龍。

說是這麼說，我們也不是從開始就接到現在。中途休息、閒聊了幾次，等到聊到沒話題，又繼續玩文字接龍。這次是第四場。

說實話，我在剛開始文字接龍十分鐘左右，就玩膩了。但我繼續玩到現在，是為了維持心智。

在黑暗之中不斷走路，壓力比我想像中還大。不做些事分心，黑暗與沉默簡直要壓垮心靈。我對外在刺激這麼過敏，都覺得壓力很大，井熊的辛苦一定超乎我想像。

我們的體力已經耗得差不多了。視線不清楚，還得分心注意腳邊，比平時走路更累人。而且在隧道摸索的走路方式太奇怪，我的腳底又長了新的水泡。

「──闊帶青斑海蛇。」「蛇吞象。」「相聲。」「聲紋。」「文盲。」「……」

沉默降臨。她想了很久，是不是要投降了？

我等了一陣子，突然聽到吸鼻子的聲響。

「──嗚嗯。」

她憋住聲音。

是哭聲。

我一時慌了，差點絆倒。膽大包天如井熊，她居然在哭──不對，肯定是我聽錯。

「……哼……唔嗚……唔……」

這下我確定井熊在哭了，她差不多瀕臨極限。

怎、怎麼辦？我該對她說什麼？休息一下？還是該假裝沒發現？我不知道怎麼安慰人，仍在腦中摸索自己能做的事。

「『盲』開頭的詞彙，好像不多……」

我試著把話題從文字接龍帶開，盡力填滿沉默。

「應、應該還有什麼詞彙……盲、盲……盲蛛？妳聽過盲蛛嗎？盲蛛的身體像豆子一樣小，腳很長，外表滿可愛的……啊，抱歉，妳之前說不喜歡蟲……」

完全沒反應。

我越來越焦急，頓時忘了勞累，腦子全速運轉。

就在這時，眼前有一道光亮。這不是譬喻。隧道前方出現光亮。不是反射手電筒的光，當然，那邊也不是出口。那麼，那裡是——

「——海底車站？」

井熊嘶啞地低喃。

一定是車站。我也讀過導覽，知道海底下有車站。

我們快步奔向前，到達圍繞燈光的那個地方。如我所想，這地方像是地下鐵的月臺。時隔幾個小時的燈光，讓眼睛一陣刺痛。

北海道和青森各有一座海底車站，就在海洋和陸地的交界處。車站位在海面下一百公尺處，以前有段時間，電車會停靠這座車站。以上都是導覽裡的資訊。

「我、我們上去休息一下，好不好？」

去明亮的地方，井熊應該會冷靜下來。

我和井熊爬上月臺，走進一條像小路的通道，坐了下來。我伸展手腳，不知道該做什麼，乾脆揉起自己的大腿。眼睛漸漸習慣光亮。

我不動聲色，側眼偷偷觀察井熊。

井熊蹲坐著，臉窩在膝蓋之間。她一動也不動，也不說話。哭聲是停了，但還是不時聽得見吸鼻子的聲響。我覺得她有點可憐。

我看了看自己的手錶，時間來到中午十二點。

「差不多該吃午餐了……」

我不忍心自己一個人吃東西，假裝自言自語，刻意暗示自己的舉動。

我從背包拿出哈密瓜麵包，打開包裝，一口咬下。感覺沒什麼味道。這麼說來，我好像在哪裡讀過，一直待在封閉空間，情緒會跟著變遲鈍。

等我吃掉半個哈密瓜麵包，井熊才抬起頭。她瞥了我的哈密瓜麵包一眼，也從自己的背包拿出水果三明治，吃起午餐。

我們的動作一模一樣，慢慢咀嚼甜麵包。

「妳喜歡甜的？」

我想讓氣氛輕鬆一點，隨便找了話題。

「那又怎樣？」

井熊說話還帶了點鼻音。她應該是喜歡甜食。

「我想說水果三明治不太像正餐，比較適合當甜點吃。」

「我想吃什麼，是我的自由。」

她說得沒錯，我也只能應一句「是啊」。不過我又接著說：「啊，可是——」

「仔細想想，哈密瓜麵包和水果三明治差不多呢。這種麵包外表就像『哈密瓜』嘛。」

「……」

她、她無視我……

現在與其刻意搭話，不如讓她靜一靜。我放棄說話，把哈密瓜麵包塞了滿嘴。

我嚼完最後一口麵包，配礦泉水吞下肚。這時，我在天花板看到粗大的管線。管線一路延伸到通道深處。管子裡有電線？還是那是某種液體的輸送管？我想著想著，突然感覺到尿意。

我背起背包，站起身。

「抱歉，我去上個廁所……」

我順著管線，來到通道深處。

走了一小段路，來到一處寬廣的通道。路面平坦，是設計給人走的。我順著牆壁照亮，有一面看似畫作的圖畫。我走進瞧了瞧，只見一面牌子鑲在牆上，牌子上看到一排文字：「斷面圖」。

「這是……？」

根據這面圖示，我現在待的地方叫做「施工用坑道」。施工用坑道跟軌道平行，一路通往青森那一側的海底車站。

既然終點一樣，當然要挑舒適的通道前進。等一下也告訴井熊好了。在那之前，我得上廁所。以防萬一，我確認周遭之後，才從背包拿出簡易廁所。

我們休息十分鐘之後，再次啟程。

施工用坑道比軌道更好走。通道又很寬，我和井熊肩並肩走著。牆面似乎滲出一點點海水，坑道地面像下過雨似的，有點溼。

直到幾年前，海底車站還是著名的觀光資源。現在則是做為逃生路線，以防隧道內出現異狀。這些內容也都出自導覽。我們一路上實際看到好幾輛腳踏車，還有摺好的輪椅，都靠在牆邊。

「嗚哇！」

井熊突然尖叫。

我才剛懷疑發生什麼事，緊接著──

「哇啊！」

我也尖叫出聲。

燈光前方有人類。

但仔細一看，那只是假人。假人穿著工作服，扛著粗大的鋼材。這應該是重現隧道工人施工的景象。附近還有大型機具的模型，應該是碎石機。我一直照亮腳邊，都沒發現這些模型。

「呼──對心臟很不好欸……」

井熊按著自己的胸口，往前走。不過她的步調跟走進鬼屋的遊客差不多，還是由我走在前頭。

通道現在弄得像是一座資料館，展示工地的微縮模型、隧道啟用時的紀念照片等等。這些應該是海底車站做為觀光景點的時候，遺留下來的景物。展示品放在陰暗的通道中，持續等著不會來的觀光客，不禁讓人感傷。

「原來還有這種展示區。井熊，妳知道嗎？」

「誰會知道……我根本沒搭車經過青函隧道。」

「咦？是這樣嗎？那妳也是第一次離開北海道……？」

「怎麼可能啊……我扁你喔。」

我馬上道歉。不過看她至少有精神生氣，我稍微放心了。

「很少有人升上高中以後，還沒離開過北海道。我們要去日本本州，多半是搭渡輪或飛機。」

「原來是這樣……」

這我就明白了。

從展示區再往前走一段，碰到一扇鐵柵欄門。鐵柵欄後方延伸著長長的通道。稍微觀察了一下，柵欄只掛了簡單的門閂，可以直接通過。

門上掛了牌子，上頭寫著「非工作人員禁止進入」。

「我說，我們有走對嗎？」

「嗯，從這裡直直走，應該會走到青森那一邊的海底車站。」

「真的嗎？」

井熊憂心忡忡地問。也難怪她會擔心，我們在這種地方迷路，會死人的。但我並不是隨口說說。

「沒問題，地圖也這樣寫。當然，順著鐵軌走肯定會到就是了。」

井熊默不作聲。她知道走在軌道上，很耗費心力，所以才苦惱。

「——我知道了，走吧。」

井熊選了施工用坑道。

「萬一真的走到死路，我們也可以從橫向通道走回鐵軌區。不需要太擔心。」

我說著，拉開柵欄的門閂。尖銳的金屬摩擦聲響起後，鐵柵欄直接敞開，我們走進門內。

啪答、啪答，兩人份的腳步聲多了踩水聲響。穿過門後，地板的漏水變多了。手電筒照向天花板，不時看得見鐘乳石，形狀類似冰柱。這裡說是隧道，更像洞窟。

從中途開始，坑道邊緣多了一條水溝，水溝裡積了水——不對，是因為時間停止，水溝裡才看似積水。正確來說，是水流到一半停止流動。下次上廁所也許不用簡易廁所，可以直接上在水溝裡……

「你都沒怎麼樣嗎？」

「咦？」

井熊突如其來一問，嚇了我一跳。

「我們在黑漆漆的路上走了好幾個小時……為什麼你都沒事？」

她的語氣參雜了責備，又或者，她覺得我很詭異。

「我才沒有。我腳很痛，又一直莫名覺得很悶……可是走這趟，比參加修學旅行輕鬆。」

「什麼啊？你們學校的修學旅行，是要玩野外求生喔？」

「只是普通的旅行，和同班同學一起觀光、買東西、吃飯。」

「那有什麼好討厭的？」

我頓了頓，答道：

「因為我沒有朋友，不太能融入……我可以自己一個人，但我很不喜歡、那種、一定要快快樂樂的氣氛。」

「嗯……是喔。」

我下了滿大的決心才說出口，井熊的反應卻很冷淡。

仔細想想，井熊早就看出我沒朋友了，她聽了大概也不太驚訝。

「我稍微能懂。」

井熊悄聲說道。

我不禁苦笑。

「也對啦，看外表也看得出很陰沉……」

「嗄？你在找碴嗎？」

「咦？」

「嗯？」

井熊「啊」了一聲，恍然大悟。

「我說我懂，不是因為你很陰沉……唔、我是說……我也、不太喜歡大家鬧在一起。」

「啊，妳是這個意思。」

換句話說，她跟我有同感。

我很訝異。井熊和我個性完全相反，卻同樣不喜歡某一件事。

「我話說在前面，我跟你才不一樣。我就是孤獨一匹狼而已。」

「哦，孤獨一匹狼……聽起來真酷。」

「哼，反正你一定在心裡笑我……」

「我不會笑妳，我也很憧憬那種人。能夠一個人坦蕩蕩地做事，很厲害。」

井熊沉默片刻，只答了句：「喔。」

不過，井熊與其說是孤獨一匹狼，比較接近戒心強的貓咪。尤其她不親近人，稍微惹她生氣，就會狠狠咬人，特別像貓。

「你的名字叫做『麥野』，對不對？」

她突然確認起我的名字。

我心裡疑惑，一邊點頭：「對。」

「麥野，這名字很好念呢。」

「會、會嗎？我覺得很普通……」

「與其一直叫你啊你的，『麥野』比較好念。所以……我以後會用名字叫你。」

井熊倔強的嗓音，彷彿陽光灑下，和煦暖和。

說不定，井熊跟我一樣不太懂跟人溝通，只是我們方向不一樣。我有時也猜想，她之所以莫名凶巴巴的，可能只是不太坦率。所以看她現在扭扭捏捏地拉近距離，讓我很開心。

「我也希望妳叫我『麥野』，不是『你』。」

「──嗯。」

井熊微微點頭。

在這之後，我們盡量不中斷對話，邊走邊聊天。井熊也終於習慣黑暗，心情安定下來。不過我們的體力都已經穩定接近耗竭。

進入隧道之後，已經過了十二小時。

換作之前，我們早就開始尋找能睡覺的地方。不過現階段別說睡覺，我們甚至找不到地方躺下。現在只剩下一個選項，前進。

「嗯……」

手電筒照亮鑲進牆面的牌子。

「十八公里↑　↓六點一公里」

我們走進施工用坑道，已經看過好幾次一樣的指示牌。兩種箭頭，分別指向北海道和青森的方向。我第一次看到的牌面是「零公里↑　↓二十四點一公里」，馬上就能聯想到，這是兩座海底車站的距離。

也就是說，依照現在看到的指示牌，這裡距離北海道的海底車站有十八公里遠，距離青森的海底車站還剩大概六公里。穿越隧道之旅已經來到後半段。

我下意識望向後方。

井熊走在我後面幾公尺處。一個小時前，她還跟我肩並肩，現在因為疲勞，只能勉強追在我後面。

我們離得有點遠，我停下腳步，等著井熊。

「呼、呼……」

腳步聲跟粗重的呼吸聲混在一起。她已經累得不得了了。

「還好嗎?要不要休息?」

「不用……我可以。」

她說著,從我旁邊經過。

井熊的走路姿勢有點奇怪,可能不是累,是身體不舒服。

「妳真的——」

沒事嗎?我正要接著說,忽然驚覺一件事。該不會——

「井熊……妳不用上廁所?」

井熊腳步頓了頓,又往前走。看她剛才的反應,我猜中了。

我們進來隧道之後,井熊恐怕一次都沒有上過廁所。那她現在瀕臨極限,一點也不奇怪。

我追上她,來到她身旁。

「我說這話可能是多管閒事,但是忍耐對身體不好喔……」

「——變態。」

「我、我又不是那個意思。而且,妳如果要我走遠一點,我一定照辦……」

井熊也帶了自己的攜帶式廁所。我有看到，她一臉不情願把攜帶式廁所塞進背包。當然，也有上在水溝這個選項。

「唉……煩死了。」

井熊猛抓了抓頭，回過頭來。手電筒的光直接照過來，害我眼睛一陣刺。

「直到我說好之前，給我遮好眼睛跟耳朵！你要是有任何奇怪的動作，我就用手電筒扁你！」

我老實點頭。我馬上把手電筒放在地上，摀住雙耳，閉緊眼睛。

接著，幾分鐘後。

「我好了。」

有人拉了拉我的背包，我才發現井熊在後頭。

我放下雙手，睜開眼睛。井熊早已往前走去。我也撿起手電筒，追上她。終點還很遠。

我們進入隧道之後，過了十五小時，終於走到青森的海底車站。時隔幾小時的光亮映入眼簾。漫長的施工用坑道終於來到盡頭，接下來又要走上軌道。路程辛苦，但也代表出口已近。

我和井熊發現牆邊設了長椅，趕緊坐上去。這一側的海底車站，跟北海道相同構造，可以看出到幾年前為止，這裡還是觀光景點。

我放下背包，直接躺在長椅。我累壞了，睡意撲來，腦子無法思考。手錶顯示時間為深夜十一點整。

「今天要不要在這裡睡？」

我向井熊提議道。她的坐姿看起來對腰不太好。

「我不要在隧道睡覺，直接走到出口。」

井熊瞪著隧道牆面，馬上回答我。她的語氣堅定，可能在我問問題之前，她早已下定決心。

「那……我們今天不睡覺了？」

「嗯。」

從這裡到出口，還有十公里。不眠不休地走，是有可能走出隧道，可是我們有必要趕路？

「妳不覺得這麼走太辛苦……」

「當然辛苦啊，可是我的討厭勝過辛苦。」

井熊的腰部往後伸展，背部緊貼在長椅靠背。

「這種鬼地方，我連一秒都不想多待。」

「──我知道了，那我們多加油。」

我們又休息了二十分鐘，接著走進鐵軌軌道。

走進隧道之後，我學到一件事。

體力耗光之前，腳會先走不動。還有絆住腳步的不是勞累，是疼痛……其實是兩件事，算了，這兩件事差不多。

我的膝蓋很早就開始哀號。不只膝蓋，腳底、小腿、大腿都很痛。雙腳像是生鏽的機器，吱呀作響。

睡意也瀕臨極限。眼皮沉重不已，我好幾次差點摔倒，每一次踉蹌就瞬間嚇醒。

我跟井熊都默默移動腳步，早就沒精神說話。我們單日行走的距離，肯定就屬今天最遠。

「……」

我偶爾會回頭看，確認井熊還在不在。畢竟我們消耗身心到這種地步，我怕她不支倒在半路上，我很可能不會察覺。

現階段她還跟在我後頭，只是走路方式很像喪屍。

出口應該快到了。或者該說，我如果不想著出口近了，很可能會停下腳步。軌道和施工用坑道不一樣，沒有指示牌告訴我們現在位置。所以我只能靠感覺推測到出口的距離。

睡意、疲勞逼得我意識模糊。

仔細想想，我經常做類似的惡夢，夢到自己在漆黑的洞窟中，不停走著。夢境結尾多半是我到不了出口，倒在半路上，接著就醒了。

我偶爾會不自覺心想，這一切是不是一場夢？我走進青函隧道，住在小學裡，甚至連時間靜止，全都是我在作夢。會不會在什麼時候，我突然驚醒，又要繼續修學旅行。

我很害怕夢醒。

時間靜止的世界很不方便。用不了智慧型手機、電腦，也沒辦法看電影，至今習以為常的事情，都變得很困難。可是只要時間停著，我不用繼續修學旅行，更不用去學校。不用去學校給其他人添麻煩。我就像是社會的不良產物，對我而言，暫停現象還是有優點。

但是，井熊就不同了。

她很痛苦。她甚至不畏任何辛苦，只為了推動時間。不然一般人怎麼會想徒步穿越青函隧道？比起我消極無比的安心，井熊一心向前的意志力更珍貴、更值得尊敬。所以，我會否定眼前的現實。假如這是一場夢，那我有責任結束夢境。

——儘管如此，我仍然希望，至少在我抵達東京之前，時間能夠保持靜止。我很難坦率說出這個願望，卻不住地盼望。

「嗯？」

前方出現微小光點，彷彿星光。我們越接近，光點越來越大。那不是海底車站的燈光，潔白柔光，被切成了橢圓形。

是出口。

「喂，你看那邊！」

井熊也發現了，她的聲音夾雜興奮。

我們加快腳步。這是最後一段路，我們鞭策疲憊不堪的身體。光越來越擴大，已經不需要依賴手電筒。空氣中的溼氣漸漸稀少，於是——

「我們走到底了……！」

我和井熊凝視整整一天不見的晴朗天空。

彷彿臉剛探出水面，我深吸一大口氣。啊，空氣真清新。我像是放下重擔，感覺自己解脫了。就連眩目的太陽，都令我深愛不已。

前方一片開闊，一眼眺望遠方，可以看見森林與海。海洋的方向看得見幾處民房。距離城鎮應該不遠。

「真的走好久喔～……」

井熊仰望天空，癱坐在地。

我又一次深呼吸，享受外頭的空氣。接著，我看到遠處的一部分森林，已經染上朱紅。

對了，我之前待在氣候寒涼的北海道，徹底忘記了。

現在的季節，是秋天。

第三章

雨與熱

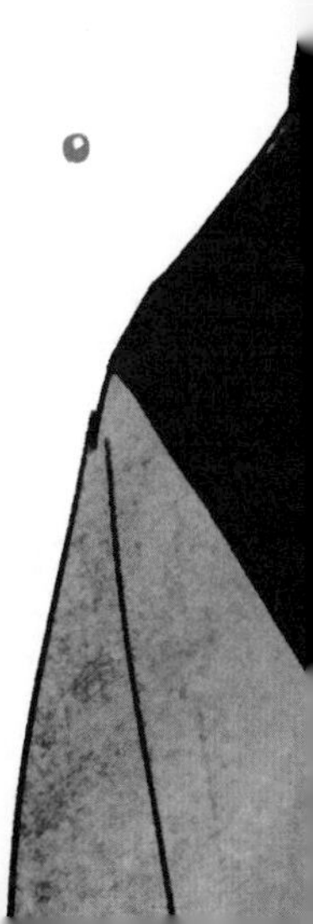

「那位老師的口頭禪是『基本上』呢。」

母親開著車，而我坐在母親的車上。

外頭下著雨。我坐在副駕駛座，望著車窗上的雨滴滑過，猶如流星。

「基本上需要加入社團、基本上就算缺席、基本上要五分鐘前到校。我越聽越好笑，聽到一半還開始數數。你猜他說了幾次『基本上』？」

「——我沒興趣猜。」

「他肯定說了八次以上。結果我都在數他的『基本上』，沒聽到幾句面談內容。」

母親呵呵笑著。

母親從以前就很愛說話。只要旁邊有人聽，不管聽眾是陌生人，還是野貓，她總能單方面說個沒完。今天也是，明明是中學二年級最後一次親師生面談，母親卻比老師多話。

「而且，那位老師口中的『基本』究竟是什麼意思？出席天數有實際標準，倒還好懂，但基本上學生要在班會開始前五分鐘就坐，聽起來不是很奇怪嗎？老師說是為了避免學生滑壘到校，但只要不遲到，滑壘趕上課又不會怎麼樣？這到底是哪門子的基本？」

「——以前有人受傷。」

「嗯？」

「之前有人趕最後一刻到校……在走廊跑太快，撞到別人，受傷縫了好幾針。學校之後設計預防措施的時候就多了規定，學生必須在五分鐘前到校。」

「你居然知道？」

「班級通知上有寫。」

「可是提早到校時間，治標不治本呀。我覺得學生還是會趕著五分鐘前到校。」

「所以老師才會說『基本上』，不是嗎？想一想就知道了。」

「喔！你懂得頂嘴啦？是說你剛才說了『不是嗎』？你之前從來沒這麼說話，是不是叛逆期到了？還是被暮彥帶壞？你可不能學他那種頑固性子。」

「——我才不會。」

我覺得母親很煩。希望她別管我怎麼說話，她每次管我的語氣，我就覺得很火大。

「對了，聽你說有人受傷，我就想到了。茅人，你之前跟三島是不是感情很好？」

雨絲逐漸變粗。

原本規律的雨刷聲，變急促了一倍。

「老師告訴我的時候，我嚇了一大跳。那個同學讀小學的時候，在運動會拿過第一名，對不對？他現在好像碰到大事了，是不是？」

「──我不知道。」

「我想想，是叫做……三島同學和松瀨同學？我有點忘記名字，總之他們好像在同一天受傷了？三島現在還在住院？你們感情這麼好，你可以去探病──」

「我就說我不知道了！」

汽車碰到紅燈。母親踩了煞車，上半身稍微往前晃去。

行人撐著傘，緩緩走過斑馬線。

「他們的事跟我沒關係。」

我的手肘撐在車窗旁，整個人靠上車門。呼出的氣息輕觸車窗，轉為白霧。

感情很好？開什麼玩笑，我根本不屑想起他們。他們會受傷，肯定是遭報應。

班會上傳來他們受傷的消息，我當下感覺神明真的存在，同時也很害怕。我一直希望他們消失，他們卻正好在同一天受傷。聽說他們在社團活動的時候弄傷腳，一個人骨折，另一個人挫傷。聽說兩人身上都有被毆打的跡象。

而我之前「跟他們感情很好」，班上同學就把懷疑的矛頭對準我。可是身邊人都知道我什麼都沒做，也不可能做，所以他們沒有責怪我。到最後，我只是從眾人嘲笑的對象，變成「跟我扯上關係，就會受詛咒」。狀況比之前好很多，但依舊讓我難受。

「也是，或許跟你沒關係。」

母親若無其事地說。

燈號轉綠，汽車緩緩前進。

「可是，你要多珍惜朋友才行啊。」

我聞言，沒有同意，也沒有否定。

朋友，我才沒有朋友。沒有人值得我重視，誰碰到什麼狀況，都跟我無關。那些人全死光算了。

「快到家了。」

喀噠，方向燈開關向下而去。

＊

我醒了。

又夢到以前。不對，說是「以前」，也只是三年前的事。

「好痛……」

頭痛了起來。

這夢真討厭，而且我上國中的時候只有討厭的回憶。尤其國中二年級，是我人生最鬱悶的時期。

為什麼我會夢見那時候……

夢中感受到的憎恨、煩躁，還殘留在腦子裡。我用力從床上爬起身，想要甩掉夢境的殘渣。總之，先去洗把臉。

「嘿……」

我光腳下了床。

我們今天住飯店，井熊就在隔壁房間。手錶還在口袋，我確認一下時間，現在是早上八點。井熊差不多也起床了。

我來到窗戶前，拉開窗簾。

陽光灑入房間。窗外是青森市遼闊的街景。

我們穿越青函隧道之後，已經過了三天。

抵達本州之後，我們寄宿在加油站、郵局，不斷南下，現在來到青森市中心。離開函館之後，這是第一次來到市中心。

我從床邊拿起瓶裝水，走向浴室。我穿著衣服走進去，打開瓶蓋，把寶特瓶舉高，接著在浴缸上空傾斜瓶口。

水從瓶口流出，受暫停現象影響，水流停在我腰部的高度。我伸手捧起半空中的水洗了臉。這方式最方便洗臉，訣竅是讓自己跟水拉開一些距離。

我順便刷完牙，走出浴室，房門傳來敲門聲。我伸手整理睡亂的頭髮，同時打開門。

「麥野，去吃早餐吧。」

是井熊。

開始旅行以後，我們每次都一起吃飯，多半是井熊來邀我。她其實可以自己吃，但我不覺得和她一起吃飯很麻煩。

「嗯。」

我套上運動鞋，走出房間。房門就開著不關，我沒有房卡，關上門，我就沒辦法從外頭打開。我和井熊住的房間，原本就是剛打掃完，客房門沒有關。

我們從屋外的逃生梯走到一樓，穿越大廳來到外頭。之後直接在馬路上前進，隨便找一間餐廳。在城市裡走路還要閃避行人，太麻煩，現在我們不太在意汽車，直接走在馬路正中央。我們與其說是適應這個世界，比較像感覺麻木。

在這無聲世界，響起兩個人的腳步聲。我們光是走在路上，就宛如支配整條馬路，十分爽快。

井熊走著，打了個大呵欠。

「妳很睏？」

我問道。井熊眼角帶著淚珠，回答：「有一點睏。」

「我們不急著走，妳其實可以睡久一點。」

「我睡不著啦。」

「這麼安靜，怎麼會睡不著？」

「就是安靜才睡不著。」

「喔……對，妳之前說過太安靜，反而靜不下來。」

「害我都睡不夠。可惡，真想念那些吵鬧聲……」

井熊用手掌搓了搓眼睛。

我覺得井熊真辛苦，一方面心裡沉甸甸的。她過得這麼痛苦，我卻覺得這份寂靜很舒適，讓我有點內疚。我想幫井熊，但除了想法子解決暫停現象，恐怕沒有其他辦法。

我們在附近找到一間咖啡連鎖店，決定去裡頭拿早餐。

進了店，我們開始在櫃檯挑選商品。我隨便拿了一個熱三明治，走向空座位。經過店員面前的時候，罪惡感壓得我下意識低頭。

我們穿越青函隧道之後過沒多久，資金就見底了。現在除了手上的提款卡和IC卡，已經身無分文。我很內疚，但為了活下去，我們不得不白吃白喝。

我坐好之後，井熊晚了一點才走過來。她坐在我對面。井熊拿了托盤過來，上頭放著帕尼尼、起司蛋糕和熱可可。眼前的食物堆看不到「客氣」兩個字，讓我忍不住多瞧兩眼。

「——幹麼？」

井熊隨即狠瞪過來。

我有一堆話想說，但基於對井熊的同情和內疚，讓我沒力氣告誡她。

「我只是覺得，妳一早吃得真多。」

「要你管。」

井熊大口咬著帕尼尼。見她吃得麵包屑掉個不停，我也撕破熱三明治的包裝。

我們吃完飯，做好上路準備，便從青森出發，預計以岩手縣盛岡市為目標，穿越東北地區。

現在我們腳下的這條路，是汽車專用道。若不是碰上時間暫停，狀況詭異，我們不可能徒步走上這條路。我從地圖判斷，到盛岡市雖然有點繞遠路，考量到高低差，這條路線應該最好走。

然而——

「這、這條斜坡、到底還有多遠……」

井熊抱怨道，下巴滑下滴滴熱汗。

進了汽車專用道之後，就是一條不停往上的緩坡。不刻意察覺，其實感覺不出斜坡有坡度，但我們走了好幾個小時，再遲鈍還是感覺得出來。我們的腳已經脹得不得了。

「呃喝……」

我也走得渾身是汗。背部溼淋淋的，很不舒服。現在沒有風，感覺更熱了。我差不多想休息，附近卻找不到能休息的地方。是說現在的景色已經維持整整一個小時，沒有變化。

「我、我不行了……」

井熊癱坐在分隔島，肩膀上下起伏，正在調整呼吸。雖然停在這地方有點不上不下，我們還是決定休息。

我也坐在路面，從背包拿出寶特瓶。我打開瓶蓋，把水大口灌入喉嚨。

「呼……」

我的嘴一離開瓶口，就感覺井熊一直盯著我，露出有點渴望的眼神。

「怎、怎麼了？」

「──沒什麼啦。」

井熊撇開頭。

她明明經常要我講話講清楚，一碰到她自己的事就很彆扭。她很愛逞強，情緒卻容易表現在臉上，我一不小心就察覺了。

我關心完井熊，又喝了一口水。這時，井熊又瞥了我一眼，正好和我對上眼。

她神情一驚，又移開目光。

──她在做什麼？

她從剛剛開始就一直看我。我們都停下來休息了，她也可以拿出水喝。難不成

她已經喝光了？

「妳不用喝水？」

「──我沒有水了。」

「咦？真的？」

沒想到井熊真的喝光了。可是我印象中，她只喝了一罐水。

「水太重了，我沒有帶太多水。」

「啊……」

水的確很重，又占空間。我好幾次想減少瓶裝水的數量。我能體諒井熊，也明白她為何眼裡充滿渴望。

「抱歉，我現在喝的這瓶，也是最後一瓶了……」

「我沒說我想喝啊！」

井熊嘟起嘴，說：「又沒關係。」

「一陣子不喝水又沒差，反正之後應該會看到休息站吧。」

「找得到嗎？」

我覺得應該好一陣子看不到休息站。一眼看去，前方只有樹木，看不到休息站的標示牌，不知道還有多少距離。

萬一她脫水昏倒就麻煩了。我從背包拿出比較乾淨的毛巾，把右手的寶特瓶瓶口擦乾淨。

「妳要喝嗎？」

我遞出寶特瓶，井熊則是大吃一驚，態度誇張。

「不、不用啦，人家喝過的東西……」

原來她是介意我喝過。我暗想，又說：「我已經擦乾淨了。」

「麥野，你就不在意我喝你的水？」

「妳不要全部喝光，就沒關係。」

「——那，我要喝。」

井熊冷漠地說，接過寶特瓶。她瞄了我一眼，遲疑地靠近瓶口，開始大口喝水。看來她真的很渴，她一口氣就喝了半瓶左右，滿足地吐出氣息。

她一面向我，表情馬上轉為尷尬。

「幹麼看別人喝水的樣子？」

「啊，抱歉。」

井熊關緊瓶口，把寶特瓶一把推到我手上。

「記得擦乾淨……你敢直接舔瓶口，我就扁你。」

「我才不會……」

明明是我分水給她喝，為什麼還要被警告……我的抱怨差點脫口而出，趕緊把話吞回肚子，接過寶特瓶。

我們拖著疲累的身體，不停走著，正當我們快到極限，終於找到休息站的標示牌。到了休息站，要多少飲料、多少水都沒問題。我和井熊如同在沙漠中找到綠洲，興奮歡呼。我們擠出最後的力氣，加快腳步，終於到達休息站。

穿越寬廣的停車場，走進休息區。休息站裡多了便利商店，代替普通商店，一旁還設了美食區，有鯛魚燒和冰淇淋的攤位。

「啊～我口好渴，我要喝可樂……」

井熊直奔飲料架。我囤的水喝光了，也要去同一個地方。我從架上拿起最便宜的礦泉水，一一塞進背包。補完水，換成肚子餓了。

「我們在這邊休息一下吧。」

「嗯。」

井熊邊喝可樂，邊點頭同意。她從架上拿起可樂，打開來喝，動作毫無遲疑。事到如今提這個有點無濟於事，不過她完全不在意自己沒付錢？我不禁懷疑起井熊的家境。

但說到底，我跟井熊都一樣，都是在偷東西，只差在我們心情過不過得去。我們內心有沒有遲疑，跟店家受到的影響無關。儘管如此，我認為自己還是有最後一分義務，牢記偷竊的罪惡感。

「抱歉了……」

我先道了歉，朝鮭魚飯糰伸出手，另外還拿了三明治和魚肉香腸。這些就足夠吃午餐了。

井熊跟我來到美食區。我們都很餓，也累壞了，專心在食物上，沒有對話。填飽肚子之後，我軟趴趴地靠在椅子上，沉浸在飯後餘韻。

我打了個呵欠，一吃飽就很想睡。我用手撐著臉，想稍微小睡。眼睛閉上，正當睡魔悄然接近──

「嗯呃。」

我忽然間清醒。

腦袋輕飄飄的，時間感覺很模糊。我不小心睡著了。

我從桌子撐起頭，揉一揉僵硬的脖子。我睡了多久？

「咦？」

井熊不在附近，她去廁所？我睡前喝太多水，現在也有點內急。

我站起來，走向外頭的廁所，正要走出門外，就在便利商店區域看到井熊，她的側臉有些緊繃。她有其他需要的東西？我腦中才剛起了疑惑──

只見井熊從貨架抓了什麼，若無其事地收進口袋。

她的動作流暢迅速。轉瞬之間，我一眼看到井熊抓著的東西。

那應該是……電池。

我不知道該做何反應，總之先裝作沒看見，走向廁所。井熊從頭到尾都沒發現我在看她。

我在廁所解放，一邊心想。

井熊剛才的動作，就是在順手牽羊。

我從廁所回座位的時候，井熊已經坐在美食區座位。我走到井熊之前待的貨架前，想確認她偷走的東西，是不是真是電池？而那個貨架上放了打火機、地區造型的原子筆，還有電池。果然，我沒看錯。

我們為了生存，必須偷拿食物、日用品。可是必需品以外的東西怎麼能偷？至少電池並非生活必需品。

我得告誡她。腦中剛跳出這個念頭——

「喂。」

我渾身一跳，回頭看去，井熊還坐在美食區，不解地望著我。

「什、什麼事？」

「你去哪啊？」

「我去、廁所。」

「是喔，你上好久。」

「會、會嗎……」

我乾笑幾聲。

井熊背起背包，站了起來。

「我休息夠了，差不多該走了。」

「呃、嗯。」

我還是……沒告誡她，怎麼也開不了口。算了，不一定要現在談，路上再找機會說好了。

不過離開休息站之後，我還是不斷錯失開口時機。才剛想提起，喉嚨就鎖死了似的，動彈不得。我不太敢提這話題，我被人勸戒過，卻很少有機會勸戒別人。

我越是猶豫不決，就感覺時間流逝越快。時間來到晚上七點，我們沿著交流道離開汽車專用道，朝市中心前進。

我們在路上找到速食店。假如我們有多餘的體力，可能會去找公共澡堂或旅館，但我們今天走得特別累，決定在速食店過夜。

走進餐廳，我把行李放在空桌上。現在客人很少，牆邊的沙發區應該有空位能躺。

「麥野。」

井熊喊了我。她似乎在嚼著什麼東西，接著我就看到她右手捏著雞塊。

「我剛才看到旁邊有迴轉壽司，我們去那邊吃飯吧。」

「壽司……」

「我剛剛突然發現啊。迴轉壽司和不用迴轉臺送的壽司店比，壽司都是些便宜貨。可是他們的壽司都放在迴轉臺上，時間停止了，還是可以隨我們吃耶。」

井熊開心地說，把雞塊扔進嘴裡。

我內心登時五味雜陳，各種擔憂、焦躁，互相攪和。

井熊已經慢慢把偷竊當作理所當然，她之後說不定不只偷電池或速食店賣的食物，會出手偷更高價的東西。我不管她，她也許再也無法回頭。

我得在來得及的時候，開口提醒她。

「那麼，井熊。」

「嗯？」

井熊舔著捏過雞塊的手指，不解地歪了歪頭。

我好緊張，可是我跟井熊已經能互相稱呼彼此姓氏，至少地位比較平等。不能害怕，語氣要稀鬆平常一點，告誡她一兩句就好。

「我覺得那樣是不是不太好……」

井熊不再舔手指，頓時愣住。

「那樣是哪樣？」

「就是，我覺得有點不太檢點……吃壽司有點奢侈。」

「奢侈？」

她的眉頭微微夾緊，神情變得嚴肅。

「那你是叫我一直吃便利商店或超市的便宜便當？我碰到這種詭異狀況已經夠辛苦了，憑什麼叫我忍耐？」

「但我們沒有付錢啊……就算現在狀況特殊，還是不能想做什麼就做什麼。要節制一點。」

「不就吃得奢侈一點，又不會遭天譴。」

「那，剛剛在休息站的那個，又是什麼意思？」

「啊？你在說什麼？」

「妳把電池放進口袋裡了，對不對……？」

我怯怯地問道。井熊訝異地瞪大了眼，接著尷尬撇開目光，嘖了一聲。

「——你看到了啊。」

「我只是湊巧在附近。」

井熊果然內心有愧，她用力搔搔頭。

「煩死了，你又不是我家長，管我做什麼。」

「有人在我面前偷東西，我不可能閉嘴不管。」

偷東西，井熊聽到這三個字，反應特別激烈。

「不要把我說得像小偷一樣！那又、不是偷東西……」

她說得心虛，聲音越來越小，等於認了錯。

「妳拿電池要做什麼？現在已經用不到手電筒……」

我問完，井熊臭著臉開口：

「幫手機充電。有一種另外裝電池的充電器，體積比較小，放在口袋裡就能充電。」

我都不知道，可是手機充了電，也收不到訊號。她要拿智慧型手機做什麼？不對，她的目的一點也不重要，重點不在這。

「拿生活必備的東西算是不得已，電池就不可以了……」

「不就是幾顆電池，又沒關係。」

「不可以。」

我反對的語氣變得更強烈，井熊膽怯地閉上嘴。

我並不是滿懷正義感，甚至比較習慣多一事不如少一事。但冷漠如我，這次也看不下去了。井熊不懂偷竊的嚴重性。

「——以前我家附近，有一間小書店。」

我在腦中回溯自己的記憶，說道：

「那間書店，是一位駝背的老爺爺自己開的。我讀小學的時候，經常去書店逛。店裡書沒有很齊全，但充滿紙張的氣味，感覺很平靜，我很喜歡那間店。」

「你沒頭沒腦的，突然說什麼啊……」

「那間店後來倒了，原因就是被人順手牽羊。」

井熊的臉頰一個抽動。

「附近的國中生專找那間店下手……老爺爺腳不方便，又沒錢請店員，發現有人偷書也沒辦法制止。」

井熊的表情越來越困窘。

「聽說就算有人只偷一本漫畫，影響還是很大。便利商店、超市應該也一樣。實際上我也常聽到有商店因為小偷倒店……所以，水跟食物是為了活下去，無可奈何才偷，可是其他不重要的——」

「啊啊啊，夠了！煩死了！」

井熊歇斯底里地大吼，狠狠瞪著我。

「你憑什麼對我說教？而且只有時間恢復正常的時候，才不能偷東西啊！萬一時間一直停著，我愛做什麼就做什麼，你、店裡的人都管不著！」

「這……是、沒錯。」

萬一時間一直停著——我故意不提這個可能性。假如我把這件事當真，別說旅行，我可能會徹底失去動力。這未來走向，光是想像就讓人恐懼又絕望。我萬萬沒想到，井熊會拿這件事合理化自己的行為。

我沉默了，想不出道理說服她。井熊見狀，沒有得意，反而咬緊下唇低下頭去。在我看來，她動用了可怕的字句攻擊我，連帶傷到自己。

「——你不要再管我了。」

井熊走出速食店。

我其實沒說錯什麼，內心卻糟糕透頂，感覺自己用大道理堵住小孩的嘴。我不由得反省，自己應該找個更適當的說法。

之後，過了整整三個小時，井熊才回到速食店。畢竟她的行李扔在店裡沒拿。不過，我等待的時候，好幾次以為她再也不回來了。

「那個……」

我們需要溝通。

我不認同井熊的行為，但我的確想得太少。一直吃便利商店、超商，的確會吃到膩。不但有害健康，心靈也會變得狹隘。所以我們可以每隔幾天奢侈一次。嘗試尋找彼此能妥協的方式，對我們才比較正向。

但是——

「閉嘴。」

根本沒得談。

井熊完全不看我，走到我的反方向，另一頭的牆邊沙發座位。接著，她用自己的背包當枕頭，馬上躺下睡了。

現在說什麼，她都聽不進去。沒辦法，我今天也睡覺好了。之後還有很多機會可以溝通。

然而這天以後，井熊始終封閉心靈。

我們睡醒，離開速食店之後，狀況依舊沒變。我主動找她說話，她不是無視，就是冷漠回答，像是「是喔？」、「所以？」、「又怎樣？」。她也不再要求我說話，我們的對話少到極點。

我熱愛寂靜，但比常人更介意產自沉默的尷尬。井熊的冷淡揪緊了我的胃。不安漸漸變質，化作對她的憤怒。

她憑什麼對我這麼冷淡？

錯的是井熊，我又沒說錯話。

算了，隨便她了。

我放棄對話，默默前進。南方天空彷彿預知我們沉悶的氣氛，顯得黯淡、汙濁。

我們開始冷戰後，過了兩天。

「好冰！」

我們前一天住在汽車餐廳（註2），出發之後剛走了一小段路，來到穿梭在森林間的山坡路，這時，額頭忽然變得溼溼的。我邊走邊摸沾溼的地方，手上沾了水滴。

註2　汽車餐廳：英文為「Drive-in」，源自美國，本來意指免下車的得來速，在日本發展成類似休息站的單一餐廳，提供免下車外帶與內用。

「是雨……？」

天空烏雲密布。外頭特別陰暗，不像上午十一點的天色。我試著手掌朝上，等雨滴落下。

——不對，等等，時間停止還會下雨？

我正覺得古怪，這次輪到井熊不解地「嗯？」了一聲，停下腳步。她像在模仿我剛才的動作，摸了摸額頭，又看了自己的手。

該不會——

我望向地面，地面有點溼。柏油路是黑色的，很難察覺。而且我往前面的道路瞧，只見另一頭有點模糊不清。

「井熊，在下雨。」

「嗄？」

井熊狐疑地望向我，像是用目光質疑我，時間不會動，怎麼會下雨？

感覺她的眼神比以前更凶惡。仔細一看，她的眼睛下方有一層淡淡的黑眼圈。她睡不好？是因為暫停現象，還是因為我……也有可能兩者都是。

「呃，該怎麼解釋才好……現在雨的確不會落下來，可是已經落到地面附近的雨，因為時間暫停，固定在半空中。所以我在猜，從這裡到前面都有雨。」

「——喔。」

她應該聽懂了。

但是該怎麼辦？我們沒有傘，而且無數雨滴飄浮在半空中，撐傘也不知道有沒有用。穿雨衣或許有用，可是……

我還在思考，井熊已經往前走了。

「咦？妳要走過去？會淋溼的。」

「淋點雨算不了什麼。」

「直接過去，不會只有淋一點點雨啊……」

我想了想。

我們走這一個小時，完全看不到住家。調頭很耗體力跟時間。這場雨可能只是驟雨，這裡照井熊說的做比較好。

於是我們決定前進。我追上井熊，走在她身旁。

——不過，我們想得太天真了。

每往前一步，雨絲漸粗——或者該說，雨滴越來越密集。我們沒有方法避雨，只能正面承受雨水。衣服吸了水，一點一滴吸走體力、體溫。鞋內也溼答答的，很不舒服。每走一步，腳底感覺就像在踩泥巴，咕啾咕啾響。

「唉，可惡……」

井熊煩躁地擦掉臉上的水滴，她將溼髮撥到耳後，露出發白的雙脣。全身被雨沾溼，更覺得寒冷。

「——妳還好嗎？」

「我才沒——哈啾！」

她打噴嚏的時機之精準，如同老套的場景。井熊渾身抖了抖，用力吸著清稀鼻涕。她果然很冷。

「不要硬撐比較好啦。」

「我、我才沒硬撐。」

「就是有，妳在發抖啊。我可不希望妳勉強過頭，最後搞壞身體……」

「唔……」

井熊惡狠狠地瞪著我，眼神彷彿可以殺我千萬遍。平時我可能會退縮，但現在我一點也不怕井熊，反而覺得很無奈。她全身溼透，牙齒直打顫，顯然就在硬撐。看她倔強到這種程度，反而讓人覺得可憐。

「妳繼續忍下去，只會更難過。」

「——那你是叫我怎麼辦？」

井熊的聲音微微發顫。我猜，她的顫抖來自寒冷與憤怒。她直瞪著我，繼續說：

「現在回頭，這雨也不會消失。又不知道會繞遠路繞到哪裡去……只能往前走啊。還是你有方法不淋雨？」

「當然有。」

我馬上回答。

「井熊走在我後面，我幫妳擋雨。這樣可以少碰一點雨水。」

「……」

井熊微微張著嘴，僵住了。難道她都沒有想到？我還以為她只是不想依賴我，嘴硬不肯拜託我。

我嘆了口氣。

「那我就走妳前面了。」

再繼續討論，事情不會有進展。我知道井熊有話想說，但現在還是先趕路。我想趕快逃離雨天區域。

我往前走沒幾步，一陣不悅的腳步聲逐漸接近。井熊默不作聲，跟了上來。她走得很快，也不需要走這麼急。我念頭剛落，下一秒——

咚的一聲！一股衝擊從背包後頭撞來，撞得我往前趴去。

我一個不穩，摔在地上，刺痛竄過膝蓋、手掌。

當下我以為有什麼東西撞到自己。不過我趴在地上，回頭看去，發現身後只有井熊。也就是說，是井熊推倒我。

但她為什麼要攻擊我──

「妳、妳做什──」

「少看扁人了！」

聲音猶如拳頭，從上方敲向我的腦袋。我抬起頭，只見井熊冷得發白的臉，現在面紅耳赤。不論從字面上，還是形容方式，都顯示她火大得不得了。

「反正你肯定當我是傻子！」

「我沒有……」

「你的眼神，就是把人當笨蛋！」

我差點下意識移開目光。我並沒有瞧不起井熊，但我的眼神的確帶了幾分憐憫，她把「憐憫」當成「瞧不起」，我也無可奈何。

「居然一副自己沒做錯的死樣子。我只是給你一點好臉色，少在那邊囂張。要不是現在變成這種詭異狀況，我才不會跟你這種陰沉又軟弱的傢伙待在一起，多待一秒我都嫌煩！」

井熊罵完，突然按著額頭，似乎很難過。

「混蛋，頭好痛……」

「妳、妳還好嗎？」

我站起來，井熊馬上罵了句：「你夠了！」制止我上前。

「我都知道，你假裝擔心我，實際上在心裡笑我蠢，對不對？氣死我了……到底在搞什麼！」

井熊咬緊牙根，用袖子粗魯擦過被雨打溼的臉。

「我看時間會停止，原因根本就在你身上吧。」

「咦……？」

「你說舅舅說過什麼什麼，但他已經掛了。你跟他有血緣關係，那就只剩你最有可能搞出這種事，不是嗎？」

我從來沒想過，原因有可能在自己身上。或者我自己覺得不可能，下意識排除了這個可能性。我沒有能力停止時間，但不知為何，井熊的話勾起我心底的某個念頭。是因為我心裡有底？怎麼可能？我這是第一次碰上暫停現象，至今從沒——

目前為止，我當真一次都沒碰過暫停現象？

「喂，說話啊。」

我驀地抬起頭，井熊已經湊到我面前。

「等、妳太近了……」

井熊看我嚇得急忙往後退，冷笑了一聲。

「哈，你也太孬了吧，真丟臉。」

這下我也火了。她從剛剛開始愛罵什麼就罵什麼，大概以為我懦弱，不會反擊。被人這樣罵來罵去，不可能表現得多溫和，我沒這麼好脾氣。

「夠了，妳不要在那邊逞強。」

「嗄？誰逞強了，我說的都是真心話。」

「不對，妳騙人，其實妳很膽小。」

井熊瞪大了眼。

「你說什麼……」

「不然，井熊——」

我吞下口水，繼續說：

「妳怎麼會在隧道裡哭出來？」

「!!」

啪的一聲，同時我的眼前閃過火星。

幾秒過後，我才意識到井熊打了我一巴掌。畢竟只有短短一瞬間，詫異遠遠超越痛楚，以及身體被觸碰的刺激。我的腦中一片空白，像個傻子一樣，半張著嘴，愣在原地。

井熊眼眶泛淚，怒瞪著我，雙唇顫抖著。

「我自己去東京，不准你跟著我。」

她說完，不顧我還呆愣在原地，大步越過我，快步向前走去。

「啊……」

我下意識想叫住她，卻出不了聲音。後悔從腹部深處不斷湧出，擠壓橫膈膜，壓迫肺臟。我只能眼睜睜望著井熊的背影，目送她離開。

等到完全看不見井熊，我才終於像是拔掉腹裡的栓子，大口吐出氣息。

「——混帳。」

我到底在幹什麼？我明明比別人更明白，他人刻意刺激自己的自卑之處，感覺有多屈辱。

我應該馬上追上去，向井熊道歉，但我走不了。腳底像是被縫在地板上，動彈不得。我理智知道該怎麼做，心情卻猶豫不決。

井熊一定氣得不得了，我向她道歉，也不知道她願不願意原諒我……

我低下頭，瀏海變成一束一束，滴下水滴。好冷。井熊現在一定渾身發抖，朝著東京，不停前進。

東京……對了，我還沒告訴她暮彥舅舅家的地址。井熊一個人去東京，最後只會找不到目的地。

該說她做事顧前不顧後，還是想得太少……大概是她太慌亂了。我也有錯，應該要好好跟她道歉。

我把溼淋淋的瀏海往後頭撥去，打起精神，小跑步奔向前。幸好這條路沒有岔路，我馬上就追上井熊。

但我沒勇氣看井熊的臉，只敢從她身後對她說：

「那個……是我不好。」

「……」

「真的很抱歉。我剛剛不該那樣說話，是我沒為井熊著想。」

「……」

「──那，至少讓我幫你擋雨吧。」

我繞到井熊前方，結果井熊默默往旁邊走一步，離開我擋過雨的小徑。後頭一直傳來壓力，彷彿在叫我別多管閒事。我本想繼續堅持幫她擋雨，但可能只是浪費體力。我吞下嘆息，繼續往前走。換個角度想，至少她沒有再從後面推開我。

氣氛沉悶，雨水冰冷。

這趟路程，比青函隧道還難熬。

我之後又開口搭了幾次話，井熊根本不理我。狀況完全沒有好轉。雨勢毫無停歇的跡象，甚至比之前更嚴重。全身溼透又不休息，走個不停，已經讓我身心俱疲。

我本來想盡可能在今天離開下雨的範圍，但已經不行了。我們再不休息，真的會搞壞身體。

環顧四周，山路已經結束，現在前方是一片平坦道路。右邊是山，左邊是採收完稻米的稻田。周遭的建築物只有溫室跟倉庫。

我想至少找個地方避雨。是不是該隨便找間倉庫躲雨，順便翻找雨傘或雨衣……

此時，我忽然察覺周遭莫名安靜。

不，本來就很安靜，但是該怎麼說，聲音的數量不對。

聲音……少了腳步聲。

我回頭看去。井熊原本跟在我身後，現在卻離我很遠，還癱坐在地上。糟糕，我沒發現她有狀況。我匆忙奔到井熊身邊。

「妳、妳還好嗎？怎麼了？」

井熊虛弱地坐著，微微抬起頭。

我心裡一驚。她的臉色很糟糕，雙眼無神，嘴唇發紫，恐怕是血液循環變差了。這症狀叫做「發紺」。

「我才、沒怎樣……」

她終於回應我，但她分明身體不舒服。井熊搖搖晃晃，想站起身，我正想制止她——

這時，井熊彷彿斷了線的人偶，直接倒下。她的頭髮，散亂在漆黑柏油路面。

「井、井熊！」

我喊道，但她沒有反應。她維持著痛苦的表情，昏過去了。

糟糕，這下事情嚴重了。該怎麼辦？現在叫不了救護車，去醫院……能找誰看醫生？沒有人可以幫忙，我只能自己想辦法。

井熊倒在冰冷的柏油路面，會失溫得更快。總之，我得讓她躺在乾淨的床上休息。可是井熊現在無法自行走動，那就、沒辦法了。

沒時間猶豫。

我把自己的背包移到胸前，在井熊身邊蹲下。一想到我接下來的舉動，心悸逐漸激烈，冷汗直流。強烈的強迫性思考，宛如無數蠕蟲爬滿全身。

不能思考，快做！

「哼……！」

我一口氣背起井熊。咬緊牙根，維持自我意識，尋找可以休息的地方，向前走。

——可惡，果然好難受，就像有人不停削刮我的意志力。不是井熊的問題，不管背誰，我都是一樣反應。可是，真的好難過，而且好重。腳關節彼此摩擦，但也難免，畢竟現在我背起兩人份的背包和一個女孩子，不可能若無其事。是說……好難過。

『你為什麼這麼討厭別人碰？』

「好難過」跟「好重」，兩個念頭在腦中交互迴盪，忽然間，大腦重播了某段聲音。那是一句疑問，過往無數人拋向我的疑問。

別人問我「為什麼」，我也很難給出他們能接受的答案。討厭的事就是討厭，沒有更多原因。每個人都有一、兩項別人踩不得的地雷。有人會說自己沒有地雷，頂多是他沒意識到自己的地雷。一定有很多人到死，都沒發現自己的雷點。他們實在很幸運。

『被碰個一、兩下而已，叫這麼大聲幹麼？』

對，我也常聽到這句話。

我想請你們想像一下，假如你的手掌上，現在多了一隻又肥又圓的毛毛蟲。對我而言，被人觸碰造成的精神痛苦，等於叫我捏爆一隻毛毛蟲。如果說被人觸碰，不能和一隻小蟲的小生命相比，那就改成小動物好了。總之，道理無法解釋我的痛苦。

「呼、呵呃……」

下巴滑落大滴汗水。

井熊快滑下我的背部，我重新背好她。然而下壓的力道害我腳踝一扭，我整個人往前撲。

「好痛……」

幸好我只是手肘和膝蓋撞到地面，井熊沒事。我忽略痛楚、疲勞，左搖右晃站起身，繼續向前。

腦子一片空白。我走了多久？應該才走不到幾分鐘。萬一我一直找不到能休息的地方，該怎麼辦？早知道會碰上這狀況，我應該事先做好防雨準備，或是充分休息再出發。回頭想想當初，井熊早在走進下雨區域之前，身體就很不舒服了。如果我當時冷靜跟她好好談……現在後悔也來不及，但悔意仍在我腦中打轉。

「啊！」

我看到前方有一棟房子，是古老的木造房屋。

開始旅行以後，我們從未寄宿別人的家。畢竟住家是私密空間，沒有仔細消除自己的痕跡，等到時間開始流動，屋主就會發現有人借住過，但我現在別無選擇。我催動自己的身體，走向那棟房子。

踏進房屋用地，面前就是房子的大門。我暗自祈禱大門沒鎖，手伸向拉門，施力拉開，拉門隨即喀啦喀啦響，打開了。太好了。玄關放著老舊的腳底按摩拖鞋，以及女用鞋子。

屋內傳來一股氣味，說是「別人家的氣味」，好像不太貼切。總之，我在玄關放下井熊和行李。我脫掉溼淋淋的外套和襪子，在屋內尋找能休息的地方。地板每沾上一次溼掉的腳印，罪惡感就劃過內心一次。我暗暗在心中向屋主道歉，之後要主動擦乾淨。

一走進客廳，電視還開著；茶几上有攤開的報紙；客廳內側設有廚房，廚房有一道女人的背影。那是一位白髮蒼蒼的老婆婆，她似乎在煮飯。

客廳勉強能讓井熊休息，但感覺不太自在。去看看其他房間好了。

我四處查看屋內，途中經過和室，和室拉門露出一條縫隙，室內看得見一座佛壇。我停下腳步，往隙縫裡瞧。

佛壇中央，是一個男人的遺照。我直覺認為，那是原本住在這個家的老爺爺。也就是說，老婆婆獨自住在這棟房子，那屋裡應該有無人使用的房間。

我的預想馬上成真。上了二樓，正巧看到適合的房間。這間房間原本似乎是兒童用。書架收納大量少女漫畫跟小開本的小說，牆上掛著數張獎狀。屋內收拾得很乾淨，缺點是有點陰暗。

我打開房間壁櫥，有整套被墊、棉被以及毛毯。我馬上把被墊放在地板，鋪好床。毛毯也攤開，蓋在棉被底下。這樣應該沒問題。

回到玄關，井熊已經醒過來了。她蜷縮身體，微微顫抖，一發現我，發出若有似無的氣音，問我：「這裡是、哪裡？」

「是家裡，呃、某個陌生婆婆的家。」

「手……」

「嗯？」

「你的手、怎麼了？」

我看向自己的手，也驚呼一聲。手上出了很嚴重的蕁麻疹。

「難怪我一直覺得癢癢的……我一直被人碰，皮膚就會出疹子。不過沒關係，馬上就會好。」

先不管我的蕁麻疹，我繼續說：

「妳能動嗎？我在二樓鋪了床，妳去躺著吧。」

井熊默默撐著牆站起來，似乎沒餘力回答我。我抱起行李，走在前面領路，她踉踉蹌蹌跟上來。她的衣服還在滴水。

我們抵達二樓的房間後，我轉身看向井熊。

「妳最好換一下衣服……擦乾身體，好好休息。妳沒有毛巾的話，可以從我的背包裡拿。」

等待片刻，井熊才點了點頭。

「我去找食物。」

我離開房間，關上房門的瞬間，始終緊繃的心弦忽然鬆開，我頓時全身脫力。

——好、好累。

我無力地坐在走廊，沒力氣撐起身體，乾脆直接躺下。全身虛脫，甚至差點忘記呼吸。到剛才為止，不過短短的時間，我感覺自己至少短命五年。

真想就這樣睡著，但睡覺之前，我得擦乾身體，不然會感冒。

我擠出力氣，站起身。毛巾……糟了，我把毛巾忘在房間裡。井熊應該正在換衣服，我不能進房間。沒辦法，只好借用房子裡的毛巾。

更衣間在樓下走廊最裡面。我下了樓梯，走進更衣間。架上堆著浴巾，我說了句「請容我借用」，借走一條浴巾。

我擦著頭，回到客廳，一靠近廚房，頓時聞到一股溫和的香味。火爐上有個鍋子，鍋裡裝著豬肉味噌湯。湯鍋上方飄著熱氣，應該是剛煮好。

我吞了吞口水。

擅自喝人家煮的湯……不，但是，危機在前，顧不上道德問題了。

「對不起，請容我享用您的料理……」

我從餐具櫃借用了碗。湯鍋裡有湯杓，我裝了一碗豬肉味噌湯，刻意多裝了點肉。之後，我順道借走筷子和托盤，走向井熊待的房間。

敲了敲門，房裡傳來小小聲的回應：「請進。」她、她說敬語……看來她真的很虛弱。

我走進房間，只見井熊從頭到腳縮在被窩裡。我蹲下來，把托盤放在床鋪旁。

「有豬肉味噌湯，妳能吃就吃一點。是這屋子的屋主做的就是了……」

「嗯。」井熊的回應比我預料得還老實，她緩慢從被窩探出臉。身上已經換上黑色棉衣褲。

「我等一下吃……」

「那我先放這。反正不會涼掉，妳想吃再吃……」

時間停止，在這種時候特別方便。但撕了我的嘴，我也說不出這句話。

井熊又把棉被蓋過頭。

一碗豬肉味噌湯，應該不足以讓她恢復體力。我站起來，想去找其他食物。對了，在找食物之前，我也要換衣服。穿著短袖太冷，褲子又溼透了。

我走近自己的背包，便看見井熊褪下的衣服，胡亂扔在地上。現在衣服亂丟不會擠出皺褶，但我還是幫她摺一下好了。於是，我伸手拿起衣服。

「……！」

只見衣服堆裡混著內衣。

我放棄幫她摺衣服，讓衣服維持原狀。我拿著自己的換洗衣物，靜靜離開房間，在走廊上快速換好衣服。接著，我暫且回客廳。

現在需要食物，而且需要營養一點的東西，但繼續偷屋裡的食物可能不太好，最好去外頭找看看餐廳。這間房屋的玄關應該有放傘。

確定方針之後，應該趕快行動……不過，我已經累壞了，稍微休息一下。客廳角落堆著坐墊，我把坐墊排在地板，躺了下來。看了看手錶，現在是六點半，我就小睡到七點，睡飽了就出發。

「！」

我整個人彈了起來。

糟糕，我睡過頭了。我吐槽自己，怎麼又睡過頭？我剛才根本是直接昏迷。我馬上查看手錶，頓時面無血色。糟糕，我居然睡了整整兩小時。

井熊還好嗎？

我揉著眼睛走到走廊。現在腦子轉不動，我兜了個圈子才走到樓梯。上了二樓，在井熊待的房間外敲了敲門，但是門內沒回應。

「井熊？」

她也許睡著了。我小心翼翼不發出聲音，打開房門。

井熊睡了，床鋪旁的湯碗已空。我瞬間鬆了口氣，馬上又察覺不對勁。

她的鼾聲莫名急促，棉被隨著每一次呼吸，輕微地上下起伏。她的臉泛紅、冒汗，感覺睡得很不舒服。我猜她感冒了，而且病得很嚴重。

井熊似乎發現我在，微微睜開眼。

「好冷……」

她呻吟了一句，又把棉被蓋過頭。

看她覺得冷……果然是感冒。繼續放著她不管，恐怕會惡化。我又來到一樓找感冒藥跟退燒藥。現在我已經顧不了後果，像小偷一樣四處翻找房間。

「——有了！」

藥品放在電視櫃下方的抽屜，是連鎖藥局常見的感冒藥，同一個地方還放了溫度計。我趕緊拿著感冒藥跟溫度計，回到二樓。

我幫井熊量了體溫，超過三十八度。我馬上拿出水和感冒藥。井熊什麼也沒說，吃了藥，又躺回床鋪。

「妳想要什麼嗎？比如說想吃東西……」

我問了井熊，她搖了搖頭。看來她不太餓，但她也只吃了一碗豬肉味噌湯，應該需要其他食物，而且水也會喝完。

我把自己背包裡的東西都拿出來，背起空背包。

「我出去一趟，找找看有沒有超市或商店。」

「——抱歉。」

我和井熊相處了好一段時間，這是我第一次聽見她道歉。我感覺自己一直在等著這句道歉，現在心裡卻一點也不舒暢，反而很心痛。

「妳不用道歉。」

我說完，正要走出房間——

「謝謝。」

她小聲改口，道了謝。

一句謝謝，就讓我感覺腳步輕盈不少。我不禁想自嘲，自己究竟多好哄？但我還是很開心。

「不客氣。」我簡短答道，走出房間。

我橫舉塑膠傘當作盾牌，在雨中勢如破竹地前進。

雨滴固定在半空中，我頭上沒遮掩也無所謂，只需要彈開前方的雨。不過，我能擋的部分也只有一把傘的範圍，褲子還是溼了。我本想乾脆脫掉褲子，但實在沒勇氣只穿內褲在路上走。

這把傘就放在那間屋子的門口。雖說是我擅自借用東西，那位老婆婆真的幫了我不少忙。

我加快腳步。我小睡一陣子，還是覺得疲憊，腳痛也沒有消失。我想盡快找到超市或超商。眼前可見的住家越來越多，商店應該就在不遠處……

萬一碰上最糟糕的狀況，我只能走遍每一棟住家，一點一點收集食物。反正我已經不得不偷竊，現在比起道德倫理，更應該以井熊為優先。

又走了一個多小時，周遭開始出現商店。眼前所見多半是自營業的小店家，看樣子，超市應該就在附近。

我顧不得身上處處弄溼，繼續走著，終於找到一間超市。這間超市感覺經營很久，招牌的烤漆褪色了。我馬上走進超市，把對感冒有療效的食物塞進背包。香蕉、優格、桃子罐頭、運動飲料，還有其他方便填肚子的食物——

「好重……」

一走出超市，眼前的景象讓我不禁屏息。

雨中空出了一條路，不對，應該說隧道。現在時間停止，用傘撥開的雨水留在原地。結果雨水把我走過的路線，化為不會消失的殘影。

這樣我就不用再撐傘。我從傘架抽走老婆婆的傘，摺好傘，沿著雨水隧道前進。我在這個世界彷彿擁有特殊待遇，感覺很奇妙。拜這景象所賜，我稍微忘記背包的重量，以及連日趕路的疲憊。

不過景色無法減輕我的辛苦。等我抵達老婆婆家，已經筋疲力盡。

我搖搖晃晃走進門口，同時脫下襪子、鞋子。我連拖帶爬，登上二樓，打開井熊房間的房門。

井熊仍然躺著，詫異地望向房門口。她一發現是我，頓時鬆懈，稍微抬高的頭部再次陷進枕頭。

「——你要敲門。」

「啊，抱、抱歉，我忘記了……」

「算了。」

換做平時的井熊，肯定怒火中燒，但她現在沒精神生氣。

我卸下沉重的背包，盤腿坐在地上。

「妳感覺怎麼樣？」

「好一點了。」

「那就好。」

她的臉感覺還很燙，但病況還算穩定，呼吸也沒那麼急促。

我把剛才的背包拖到被窩旁。

「我去了超市，拿了很多東西，有水果、有能量果凍。」

「——你走很遠？」

「是有點遠，走路要一個小時。」

「是喔……」

井熊原本靜靜躺著，面無表情回應我，這時忽然哭了出來。眼淚從左眼滑向右眼，漸漸沾溼枕頭。我不禁慌了手腳。

「妳、妳怎麼了？」

「沒事！」

井熊把臉抹向枕頭，翻身背對著我。

我從褲管口袋拿出手錶。時針指向半夜十二點，該睡覺了。我其實很睏，又累得不成人形，但我不忍心直接離開房間，只好靠在牆邊。

「你幹麼這麼關心我？」

井熊嘀咕道。

「我明明對你做了很多過分的事。」

「——妳也累了，沒辦法。而且現在只有我們兩個人能動，應該互相幫助。」

「互相幫助？我根本一直扯你後腿。」

「沒這回事。」

「明明就有。而且說到底，是我說想去東京，現在才會這麼慘。」

井熊低聲自嘲。

「麥野說的沒有錯。去東京真的很辛苦，我又亂來搞壞身體，再加上……我一直在硬撐。」

「……」

「我到底在幹什麼……」

井熊躲進被窩，蜷縮起身體，之後閉口不語。

沉靜的氣氛盈滿房間。井熊每動一次，就會傳來細碎的衣服摩擦聲。

「我其實是離家出走。」

我剛以為她睡著了，被窩又傳來模糊的說話聲。

她是說時間停止之前的事？我靜靜聆聽著。

「我家是典型的大男人主義。『那傢伙』只要吭一聲，媽媽就會默默端出茶和報紙。」

從描述推測，「那傢伙」應該是指她父親。看來他們父女感情並不好。

「那傢伙很幼稚，動不動就鬧脾氣，晚歸絕對不跟家裡說一聲，關門又老是很大聲。我家的男人都很討厭。臭老哥就是個垃圾、色鬼，很煩人。」

她這一連串語句帶刺，我聽了有點退縮。不過我暗自心生預感，她不只是在抱怨。

「我覺得我媽媽很可憐，成天只能讓那兩個傢伙使喚。她很溫柔，又不懂得抱怨。所以我很關心媽媽，也會幫她做家事。我是真心認為，我要撐住我媽媽。可是、可是……」

井熊吸了吸鼻子。

「我見到麥野的前一天……那傢伙居然說媽媽做的飯很難吃，還笑著說，聽起來很瞧不起人。所以我就鼓起勇氣，叫他愛嫌就滾出去……結果，媽媽打了我一巴掌……發脾氣罵我說，怎麼能叫爸爸滾出去。我大受打擊，我明明想保護媽媽，她怎麼能這樣對我？我一想到這，突然覺得很難過……那傢伙和臭老哥看著我，眼神像在說『這傢伙真是沒藥救』……我就覺得，這個家沒有我的容身之地……」

井熊抽泣著，咬字隨著哭泣逐漸模糊。

「我衝出家門……可是我根本沒有地方去，就一個人在車站前亂晃，然後、然後……我……」

之後，她再也組織不了字句。被窩的隙縫傳出一次次哽咽，如同急促的喘息。

「我好痛苦……」

我只勉強聽得清這句話。

雖然很想鼓勵她，我卻不知道該說些什麼。

我在腦中斟酌著字句，忽然想起我跟井熊初次見面時的事。

我們明明是第一次見面，井熊卻擺出一副桀驁不馴的態度。我當時猜測，她的態度可能是出自內心不安，而我應該猜對了。她接連碰上倒楣事，只能保持強勢，以免心靈崩潰。

我心想，她真可憐。

好想保護她。

但我的念頭想必是錯的。

我知道，一個人單方面把另一個人看得比自己低下，才會心生憐憫，想保護對方。對方激起自己的救世主情結，這感受只是一種本能，不帶敬意與善意。儘管對方確實「弱小」，擅自認定對方是「弱者」，反而會讓對方更顯得悲哀。

所以，我決定默默陪伴井熊。我會醒著，直到井熊停止哭泣。現在這一刻，我相信我的決定，已經是我能給予她最好的「關心」。

井熊仍不停啜泣，直到快兩個小時之後才停歇。

我們借住老婆婆家，已經過了三天。

井熊慢慢痊癒了，果然是感冒。她的病況沒有特別惡化，退了燒，也恢復食欲。不過以防萬一，我們還是多休息了一整天。井熊說自己好了，但外頭仍是雨天，我們都希望用最佳狀態挑戰旅程。

我用自己的毛巾，擦掉之前走廊上的溼腳印。考量到時間開始流動之後，我想盡量清乾淨我們的痕跡。

借用的毛巾沒辦法處理，只好扔進洗衣機。離開前，我想給屋主寫張字條，盡量不造成屋主的不安。我的做法可能造成反效果，但反正都會東窗事發，至少寫張字條致意。

「好。」

我擦完地板，走向井熊待的房間。

敲了敲門之後，打開房門。

井熊正在看原本放在書架的少女漫畫。她察覺我進房，闔上漫畫，抬起頭。

「你打掃好了？」

「嗯，清得差不多了。」

「喔，謝了。」

她恢復健康之後，開始會老實道謝。這前後差異讓我很吃驚。我知道應該平心靜氣接納她的變化，卻還是覺得胃裡一陣搔癢，臉一不小心就露出笑意。

「沒關係，妳病剛好，多休息。」

我把擦地板的毛巾放進塑膠袋，被雨弄溼的衣服也收在袋裡。

井熊把剛才的漫畫放回書架，面向我。

「是、是說啊。」

「嗯？」

井熊從口袋掏出全新的電池，就是她從休息站摸走的那一包電池。

「我果然還是覺得偷拿不太好，想把這個還回去……」

她摳著臉，面露尷尬。我望著井熊，感覺鬆了口氣，微笑油然而生。

不過，要回去歸還電池，代表要在雨中來回一趟。這趟路會很漫長，說實話，我不太願意跑這趟，但也不能忽視井熊的心意。

「也對，那我們一起去還電池。」

「抱歉，讓你陪我跑。」

「沒關係。話又說回來，妳用手機做什麼？」

井熊聞言，應了句「喔」，從另一邊的口袋掏出手機。

「我要放音樂。音樂直接存在手機裡面，沒網路也能聽。周圍太安靜，害我睡不著的時候，我會戴耳機聽音樂。」

「原來是聽音樂……」

之前在路上，井熊提過好幾次自己睡眠不足。我時不時忘記，自己在這種異常狀況還能保持冷靜，其實很異常。一個人突然被拋進無聲的世界，任誰都會精神出問題。

我很後悔。對井熊而言，電池是「必需品」。

「──還是別去了，好不好？」

「咦？」

井熊面露不解。

「對不起，是我想法變來變去……妳聽音樂會比較平靜，對不對？那電池就是必需品了，跟糖分、碳水化合物之類的一樣。」

「那我可以留著？」

「嗯，雖然由我決定，感覺有點厚臉皮……就借用一下。」

我說完，一時繃緊神經。我本以為她會吼我一下，罵我打從一開始就不該多管。不過出乎我意料，井熊像是忍不住內心的喜悅，開懷地笑了。

「太好了……」

井熊輕撫胸口，我見狀，也放下心。

我有自覺，自己的價值觀、道德感已經出現細微變化，而井熊似乎有了相同變化。如果不是我會錯意，那我會很開心。

「麥野，我記得你說你不太聽音樂？」

「呃，對。」

「那你要不要試著聽音樂？我存在手機裡的音樂，每一首我都很愛喔。」

「哦？那我就稍微聽聽看……」

我和井熊肩並肩，坐在地板上。我靠著牆，井熊便開始操作手機。

「麥野會喜歡什麼音樂啊？『東京事變』、『Glim Spanky』，都是很棒的樂團，但我也想推你『ELLEGARDEN』。哇，真傷腦筋。」

井熊嘴裡碎念著「該怎麼辦」、「這首也很棒」，一邊挑選歌曲，既煩惱又樂在其中。我見狀，也跟著開心起來。無論她推薦我哪一首，我都非常希望，自己能真心喜愛她選的歌曲。

第四章

前往沒有謊言與痛楚的世界

等我們抵達仙台，才終於離開雨天區域。當我抬頭欣賞晴空，那舒暢的感受，簡直難以言喻。也許比穿越青函隧道的瞬間更感動。

自從走進盛岡市，原本荒涼的國道周邊越來越繁榮，彷彿之前的蕭條景象只是一場夢。再也不會走一大段路，還找不到超商、超市，也不用擔心找不到食物和住宿。我們吃飽睡暖，身心漸漸有餘力，開始會繞去觀光景點，或是住住看很貴的旅館。

而現在，我們來到仙台車站附近的公園，好像叫做「西公園」。銀杏樹點上漂亮的色彩，處處可見散落的葉片。公園充滿鮮豔的金黃色，銀杏香氣撲鼻。

「麥野！你看你看！」

欣喜的呼喊入了耳，我轉向井熊。接著，井熊用腳把銀杏落葉掃成一堆，用力踢高。銀杏葉往天空一散，剛要落下，就固定在半空中。

井熊雙眼發亮，用眼神興匆匆地徵求我的感想。

「真漂亮。」

「哇，你反應好淡……麥野，你也來玩吧。」

我對這遊戲沒太大興趣，但機會難得，我決定試試看。

就如井熊剛才的動作，我也用腳掃了一堆銀杏葉。要讓葉子飄得好看，一定要一鼓作氣往上踢。我彷彿化身為一個足球員，瞄準球門，向後舉起右腳，接著，使勁往上踢！

「哇！」

往上踢的力道，順勢讓左腳一滑。葉片上其實很滑。反省的念頭如跑馬燈閃過腦中，我的背部狠狠摔到地上。眼前是一片湛藍天空，點綴銀杏樹。這景色猶如風景照，令我沉醉其中，好一陣子沒有起身。

「啊，喂！你還好嗎……？」

井熊匆匆跑到我身邊。我不想讓她多擔心，撐起身體。

「哈哈哈……被妳發現我是運動白痴了。」

我隨口開著玩笑，暗示自己沒事。

井熊先是露出放心的神情，隨後雙手扠腰，開始指責我。

「就是說啊，真是的，你可不要因為這種小遊戲受傷……噗、哈哈哈！」

她忍俊不住，抱著肚子，笑得像個孩子。她的表情變來變去，我看得很愉快，不由得跟著笑出聲。我們大笑著，像傻子一樣，笑聲迴盪在寂靜的公園之中。

玩鬧之後，我們逛了公園一圈，最後走進附近的日式食堂。

基本上，我們之前都以超市、超商賣的便當跟熟食維生。自從井熊感冒之後，我們決定偶爾吃得奢侈一點，每隔幾天就選一間日式食堂或餐廳吃飯。

今天來的日式食堂是自助式，可以自己挑選喜歡的配菜。雖然不論餐廳種類，我們一樣是吃霸王餐，但自助式不需要強搶店員、客人手上的食物，相對少一點罪惡感。我們久違地享受一頓美食。

我們飽餐一頓之後，前往車站前的公共澡堂。一路上就仰賴車站拿到的觀光地圖找路。

一到公共澡堂，我和井熊馬上各自走進澡堂。泡了澡，充分洗去疲憊，順便把幾天份的衣服帶進澡堂清洗。我沒把衣服泡進浴池，只借用熱水洗衣。想當然耳，在澡堂洗衣服違反澡堂規定，但又沒有其他地方可以一次洗完衣服，算是沒辦法中的辦法。

「好。」

衣服洗好了。

之後就是用浴巾包好、擠乾，帶在身上走，才有辦法晒乾。掛在背包，或是當外套裹在身上，大概五個小時就會乾。

之前我們原本只洗容易髒的部位，像是衣領、袖口，洗完直接穿上身。但是這樣弄乾衣服，比想像中還不舒服，又會冷到身體，就改成現在的晒衣方式。拎著溼衣服走路很麻煩，但考慮衛生問題，現在的做法好一點。

我穿上衣服，回到澡堂大廳。有個老男人談笑到一半停在原地，我路過他身邊，就看到井熊。她把毛巾裹在頭上，很像印度頭巾，坐在沙發上，正在看導覽。

「久等了。」

「嗯。」

井熊沒看我，應了一聲。

我來到井熊身旁的椅子坐下，把洗好的衣服放在背包上，開口說道：

「妳決定好今晚要睡哪了？」

「嗯，我想改變一下挑選的方向。」

「比方說？」

「到了你就知道了，讓你期待一下。」

井熊啪的一聲，闔上導覽。

我們整理好行李，離開公共澡堂。手錶時針指向晚間十點，睡覺時間快到了。

井熊走過一間間並排著的飯店，朝車站前進。我期待著今晚的住宿地點，卻不知為何，走進了百貨公司。

「妳有走對路？」

「對啦。」

她信心十足地回答，接著踏上停止不動的手扶梯，來到四樓內側，隨即止住腳步，轉身面向我。

「就是這裡！」

井熊現在站著的位置，是著名家具連鎖店的寢具賣場。她說想改變挑選方向，原來是這個意思。我不禁莞爾。

「喂，你幹麼笑？」

「呃、不是，只覺得妳有時候也滿可愛的。」

「煩欸，我就很憧憬在這裡住嘛。」

井熊把行李放在地上，來到最近的床鋪坐下，發出「砰」的一聲。

「我以前看過一部電影，裡面有個場景，是主角住進百貨公司。故事我已經記不清楚了，就是莫名其妙記住那一幕。」

以前看過的電影，住在百貨公司的場景，該不會是——

「妳說的是《摩登時代》？」

「那什麼？我說的是動畫片，蠟筆小新的電影。」

「啊——也對……」

結果是動畫，我覺得有點丟臉。也是，說是老電影，《摩登時代》未免太老舊，那是黑白片時代的電影。我之所以知道這麼古早的電影，是因為暮彥舅舅很喜歡《摩登時代》。我讀小學的時候，曾和暮彥舅舅一起看過《摩登時代》。卓別林的動作很好笑，小時候的我還是看到尾，一點也不覺得無聊。

「你別站在那裡，找地方坐啊。」

「啊，嗯。」

腦袋原本沉浸在老回憶中，忽然被拖回現實。

我找找找別張床。其實我也可以睡沙發，這一區沒什麼人，很多地方能睡。

我還在附近四處張望，井熊狐疑地問：「你在幹麼？」

「你睡旁邊那張床就好啦。」

「咦？可是……不、不會跟妳靠太近？這裡也沒有隔間。」

「幹麼啊？你討厭睡我旁邊？」

「不、我不是這個意思……」

該說是我不太想讓人看，或是看別人的睡臉，還是該說這麼做各種不自在……

更何況——

「而且，應該是井熊不希望我睡隔壁床吧……？」

「事到如今，你擔心什麼啦？」

井熊挖苦地笑說，脫下鞋子，直接躺在床上。

我勉強拒絕她，對她也不好意思，乾脆放棄，決定睡在隔壁床。我放下行李，脫了鞋，雙腳鑽進被窩。床睡起來很舒服，但天花板太高了，讓我不太自在。

「感覺怪怪的……井熊，妳現在實現夢想了，感覺如何？」

「不算夢想啦，不過，還不錯……就是燈光有點刺眼。」

「的確有點刺眼。」

我們同時翻了身，我和井熊對上了眼。井熊詫異地瞪圓了眼，又把目光拉回天花板。

「總、總覺得有點太閒了。」井熊說。

「我們現在不是要睡了？」

「大家睡前不是有段時間會悠哉滑手機？現在就是滑手機的時間啊。」

「妳可以現在滑手機。」

「我現在沒心情玩手機啦。」

我暗自覺得她難搞，忍住呵欠。

「井熊妳想做什麼就做吧我差不多要睡了……」

「——我之前就想跟你說一件事。」

井熊忽然鄭重地開口。她要談很重要的事？我有點繃緊神經。

「我其實不太喜歡自己的姓氏，就是『井熊』這兩個字。」

「——姓氏？」

「有個『熊』字啊，聽起來好粗獷。」

根本一點也不重要……這麼說很對不起井熊，但我放心了，幸好不是什麼嚴肅的話題。

「我是覺得很帥，而且很少見。」我說。

「嗄啊，我寧願人家喊我的名字，不過我也不太喜歡『光』。」

「是喔。」

我太想睡了，回應變得有點隨便。我揉揉眼，趕走睡意。

「所以啊——」

我的手一離開臉，只見井熊已經翻身面向我。她把棉被拉到下巴，神情有點緊張。她又怎麼了？

「你可以直接叫我『光』。」

她的提議超出我的預料，我一時不知該給什麼答覆。人長到十七歲，若不是感情真的很好，不會直呼對方的名字。至少在我的認知，大家都是如此。換句話說，井熊比我預期的，還要對我敞開心房。心湖一陣蕩漾，但這感覺並不壞。熾熱的感情，在心頭掀起道道漣漪。我藏在棉被裡的腳趾，不由得縮緊。

「呃……那，我下次就直接喊妳名字。」

井熊聞言，調皮地嘻嘻笑。每次見到她雙脣之間露出小小虎牙，我就有一種賺到的感覺。

我突然想試著說出她的名字。心裡有點緊張。我潤了潤口中——

「小光。」

喊了她。

井熊登時發出像噎到的聲音。嘴裡喃喃念著，撇開目光。耳朵露在髮絲之間，莫名泛紅，態度有點奇怪。

「怎、怎麼了？」

「——啦。」

「咦？」

「不要加小啦！」

井熊大喊一聲，把棉被拉過頭。

「還，還是不習慣，就喊姓吧！我要睡了！」

她到底怎麼了？但我也喊「井熊」喊習慣了，既然她反悔，我就照做。

我也把棉被蓋過頭，擋住刺眼的燈光，聆聽著鼓譟的心跳聲，墜入夢鄉。

我們離開仙台之後，沿著東北本線鐵路南下，經過一些似曾相識的城鎮，名取市、岩沼市、柴田郡，又繼續前進。那些城鎮感覺都很接近鄉下，但幸好，都開了我們需要的商店，我們沒吃太多苦頭，終於抵達福島。

自從我們開始旅行，應該過一個月了。井熊病倒的那一天之後，感覺日子一天天過去，越過越模糊。但至少我能肯定，我們已經旅行三個星期以上。

我已經習慣現在的生活，最近跨越縣市邊境的瞬間，甚至心生成就感。這趟路絕不輕鬆，然而和井熊一起旅行，讓我的心靈充實許多。

也因此，我偶爾會不自覺思考抵達東京之後的事。

假如我們找到方法恢復時間流動？或是如果沒找到方法？之後會演變成什麼狀況？之後該以什麼為目標行動？越想越擔心。

「你從剛剛開始，幹麼整張臉皺著？」

井熊走在我身旁，問道。她的右手上抓著一個肉包，是剛才從便利商店「拿」來的。她剛剛開始就邊走邊吃。

「沒事，沒什麼。」

「你是不是在想剛剛應該也拿個肉包？我不會分你喔。」

「不用妳分。」

「幹麼啊～因為你不想吃我吃剩的東西嗎？你很沒禮貌欸。」

「我又不是這個意思……」

井熊塞了滿嘴肉包，賊賊地笑。她是半開玩笑，故意調侃我。我覺得有點煩，但也因為她，脫離負面思考。

仔細想想，我和井熊相處得很融洽了。我們第一次相遇，就算說法再委婉，對彼此的印象也稱不上好。當時我們不管聊什麼，一下就中斷對話，現在卻覺得那日子已經是很久以前的事了。在我至今交過的朋友裡面，井熊可能是跟我處得最好的一個朋友。

朋友，對，我可以稱她為「朋友」。我和井熊沒有彼此確認過關係，但應該……已經把對方當朋友了。假如時間恢復流動，井熊願不願意像現在一樣對待我？

就在我思考這個問題的下一秒。

井熊停下腳步，肉包同時從手中滑落，在接觸地面前一秒忽然停住。

「肉包掉了喔。」

「——你看那裡。」

井熊怔怔地指向半空中。我的視線轉向她指著的方向，頓時瞪大雙眼。

住商混合大樓的上方，有人浮在半空中。

那是一個穿西裝的女人，她背對天空，身體和地面平行，就這麼停住。像是她從大樓跳下去下一秒，時間就停止了——

像是？不對，時間確實是在她跳樓之後停住。除此之外，別無可能。我們現在目睹一個人跳樓的現場。

「糟、糟糕，要去救她！」

井熊回過神，邁步跑去。我也跟著井熊跑向住商大樓。

我們登上狹窄的樓梯，打開通往頂樓的門，隨即看到柵欄的另一頭，有一撮飄搖的馬尾。頭髮彷彿有自我意識，想把女人往上拉。

我們接近柵欄，明知道不需要著急，心裡還是很焦急。跨過柵欄，手就碰得到跳樓的女人。

「我來拉她。」井熊說。

「不，我來。」

「麥野，你不要勉強，你不能碰人啊。」

「可是拉她很危險……」

「沒關係啦，而且我沒麥野想得那麼柔弱。」

我不禁咬緊牙根。我的力氣比井熊大，本來應該由我拉人，但我也許會抗拒過度鬆手，還是交給井熊了。我就做我能做的事。

「我會抓住井熊的背包，以免妳掉下去……」

「好啊，拜託你了。」

井熊跨過柵欄，同時我從柵欄內側用力抓住井熊的背包。從頂樓看，感覺地面特別遙遠。若非運氣特別好，人從這高度掉下去，必死無疑。我絕不能鬆手。

井熊伸出手，抓住女人的衣領。

「哼……！」

她用力拉過女人。

女人的身體浮在半空中，被井熊拉了過來。乍看之下，女人現在不受重力影響，但重量——或者說有一股力量將她固定在原地，井熊沒辦法輕易拉近女人。西裝上衣發出「啪」的一聲，鈕釦被扯掉。

井熊的脖子冒著汗。我只能在後面支撐她，心裡乾著急。

我們用不太穩定的姿勢拚命拉，終於把女人的上半身拉進柵欄內側。井熊把女人的身體抱進柵欄，讓她躺在水泥地上。

「啊、好累……」

井熊當場坐倒在地。

我道了句「辛苦了」，又一次觀察女人的樣子。

女人差不多二十幾歲，閉緊了眼，雙手在胸前交握，像在祈禱。

「——抱歉，井熊，妳可不可以幫我摸摸看這個人的口袋？」

「是可以……但你要幹麼？」

「我想知道她為什麼尋死。」

井熊不太能接受我的理由，還是照做了。她摸索了西裝外套和裙子口袋，掏出東西。手機、喉糖、筆、手帕、藥錠。

女人身上的東西如上，這些東西甚至無法確認她的身分，更別說自殺的動機。

「不行，手機設了密碼鎖。」

井熊把女人的手機拿給我看，螢幕上顯示數字鍵盤。打不開手機，就不知道女人的名字。

「夠了吧，我們也沒辦法多做什麼。」井熊說。

「——可是，這樣會不會不太負責任？」

「不負責任？」

「我只是想……我們對這個人一無所知……更無法保障她往後人生一帆風順，只是阻止她自殺……這樣真的好嗎？對她而言，跳樓也許是逃離痛苦的最後一個手段，那我們救她一命，是不是更把她逼進死路……」

「那你是說我們別救她比較好？應該要眼睜睜看她跳樓？」

井熊語帶指責，怒目瞪視著我。

「也不是，我不是這個意思……只是……」

「只是？」

我不知該如何說下去，低下了頭。

「——抱歉，妳忘記我剛才說的話吧。我有點怪怪的。」

「你真的有點怪，仔細看看她。」

井熊說著，俯視著女人。我的視線也隨之而去。

「這個人穿著西裝，應該正在上班。她應該是碰到很糟糕的事，一時衝動才跳樓。她當下大概做不出什麼正常判斷。假如她是被逼上絕路，一想再想選擇跳樓就算了……但她如果是一時衝動，應該要有人阻止她。」

「——井熊，妳說得很對。」

我毫無反駁的餘地。這麼說有點沒禮貌，但我沒想到，井熊能想出這麼冷靜又符合道德的論點說服我。

「好了啦，走囉。」

井熊走向頂樓的門。

離開前，我又瞧了女人一眼。從剛才開始，複雜的情緒就在心頭不停盤旋。連我都不知道，為什麼自己這麼糾結在這個女人身上？

我該走了。

當我正要移開目光，我赫然驚覺一件事。

「啊，等等！」

「這次又怎麼了？」

井熊不耐煩地回頭看。

我蹲在女人身旁。她雙手交握，像在祈禱，而雙手間冒出一小截紙張。

「她手裡拿著東西。」

「──你要我拿起來看看？」

「啊、呃……對，麻煩妳了……」

井熊嘆息連連，又走回我旁邊。

「看完這張紙之後，就真的要走喔。」

井熊抓住女人的手。女人握得很用力，井熊費了點工夫才拉開手指。好不容易打開女人的手，只見手中出現一張撕破的便條紙，紙上有一行原子筆寫的字句，字跡很雜亂。

前往沒有謊言與痛楚的世界。

那是一句禱文。

女人那雙緊閉的眼瞼內側，想必描繪了一個世外桃源。既非絕望，也稱不上希望，就這麼一個小小的希冀，推了女人一把。

「哼。」

井熊冷哼一聲，似乎嗤之以鼻，接著撕碎了便條紙。

「喂，妳做什麼……」

「怎麼可能存在那種世界。」

便條紙成了一堆碎片。井熊把碎紙扔掉，下樓去了。

我跟著井熊離開，心裡仍難以忘懷那女人的事。

這一天，我們決定住在一間小巧別致的咖啡廳。決定因素有三，店內沒有人、有沙發座位、燈光比較昏暗。

井熊放下行李，立刻躺上沙發，她把店內抱枕當作枕頭，打了個大呵欠。

我坐在附近的椅子上，打開菜單。我並不想吃東西，也沒有口渴，純粹想打發睡前的時間。手錶的時間來到晚上十點。以往到了這個時間，睡意早就悄悄來臨，今天卻遲遲沒感覺。

「你還是很介意那個跳樓的人？」

井熊躺著問道，語氣帶了點不耐，也像在關心我。她可能在擔心我，所以我決定不敷衍帶過，老實回答：

「嗯，有一點介意，很多方面都讓我覺得很震撼。」

「在東京，有人自殺不是家常便飯嗎？電車常常突然停下來之類的。」

「東京和其他縣市相比，是比較常有人自殺，但還不到家常便飯吧？我不太搭電車，不知道實際狀況……」

「喔，我記得東京人發現距離只有兩個車站左右，就會選擇用走的。」

「這是其中一個原因，搭電車……人太多了。」

「啊，是因為這個……」

我碰不了人，對我而言，沒有什麼比客滿的電車更可怕。假如我在的車廂突然擠進大量成年人、學生，我肯定會陷入恐慌狀態。

「真不方便。」井熊說。

「是啊，我真的很想早點治好……」

我不禁嘆口氣。

結果我不小心讓氣氛變得有點感傷，難得井熊這麼關心我，真對不起她。我們再繼續聊天，氣氛只會越來越沉悶。

我起身，走到附近的沙發座位。

「抱歉，我要睡了。」

「——晚安。」

井熊用勉強聽得見的音量，道了晚安。這是我第一次聽見井熊道晚安，還是讓我滿開心的。

我也回了句「晚安」，躺了下來。反正閉著眼，應該自然而然會睡著——

＊

「你就點你愛吃的。」

暮彥舅舅久違地邀我吃晚餐，帶我去了一間連鎖居酒屋。現在離晚餐時間還很早，店內卻很熱鬧。我和暮彥舅舅隨便點了幾樣飲料和配菜。

不久後，烏龍茶、啤酒送到我們的桌上。我們沒有碰杯，同時抓起附柄啤酒杯，喝了起來。

「你怎麼找我吃晚餐？」

我問道。暮彥舅舅找我吃飯，頂多是碰到我的生日，或是我父母不在的時候。就我所知，今天不是誰生日，我父母也在家。

「來慶祝你上高中。」

「現在都六月了。」我說。

「我辭職不幹講師了，就當今天是我的送別會吧。」

暮彥舅舅又喝了口啤酒。

「送別會不是應該找你同事開……？」

「我不想浪費一頓飯。」

我單就這句話，不小心察覺暮彥舅舅在工作上的人際關係。我是他外甥，但我也覺得暮彥舅舅異常難相處。我反而很佩服他這脾氣，居然能擔任教職整整五年。

「那你現在沒工作啊……」

「少說蠢話，我這輩子都是畫家。」

「可是只畫畫賺不了錢，不是嗎？」

「這是我之於人生的準則，收入一點也不重要。」

「是喔……」

店員說了句「久等了」，送餐上桌。一盤盤配菜排上桌面，有毛豆、高湯煎蛋捲、煎柳葉魚。

「總之，我之後就打工賺點日薪過活，一邊畫圖。高更也是這麼過的。」

暮彥舅舅猛灌啤酒。

一個快四十歲的中年單身男子辭掉工作，在人生計畫方面算是決定性的挫折，暮彥舅舅卻態度積極，甚至看似很舒暢。或許辭職對他來說，是個正確答案。

不過過不到一小時，我就知道他的積極，只是在虛張聲勢。

「勞動根本沒好處，等於是自己扼殺靈魂。每個人應該都暗自疑惑，為什麼每週工作五天會變成標準？太蠢了吧？應該冷靜想想，何必這麼勤奮工作？我真的搞不懂。愛讚揚勞動的傢伙差不多該有點自覺，自己已經淪為身外物的奴隸。」

「人際關係實在太煩人、煩死人，總之就是一連串煩人的事。但是為什麼那些傢伙一個個都急著想和別人建立關係？因為一個人沒辦法確認自己的價值？我跟他們不一樣，絕對不一樣。我會貫徹孤獨，到死為止。」

「天天在想睡的時間睡覺，想起床的時間起床，餓了就去便利商店，愛畫畫就畫畫。對我來說，這就是最幸福的生活，只要能維持這種生活，我什麼都不要。」

「唉，可惡，好空虛，實在太空虛了。到最後，我幹的事情沒有任何意義，一切都沒有意義。這種鬼世界怎麼不快點毀滅？反正根本不會有個像樣的未來。人口越來越少，國家變貧窮，災害毀掉累積已久的成果；孩子承受社會強押的責任，瀕臨崩潰；老人漸漸孤獨而死。這就是我們現在待的世界，保持正常理智，根本活不下去。」

暮彥舅舅還是一如往常。我傻眼，卻又很安心。

我希望暮彥舅舅一直保持這副德行，希望他繼續展現偏執又厭世的價值觀，希望他讓我看到他更多、更偏執、扭曲的地方。

希望他別扔下我一個人，自己變成一個正常人。

「喂，茅人。」

我小口喝著烏龍茶，忽然聽見暮彥舅舅喊我。

「你應該也對世界有一兩句怨言，對吧？」

「這倒沒有。」

「騙鬼，怎麼可能沒有。」

「就沒有啊，我……還算活得挺快樂的。」

「真的？」

充血的雙眼惡狠狠地直視我，我低下頭。

「——我的高中是完全中學，學生分為直升和考試入學兩種，大半學生都是直升高中部。我剛進高中，班上已經形成小圈圈了……所以我很難融入……」

「哦，所以？」

「——我覺得直升高中部的同學，很奸詐。」

「原來如此，你的同學都是些要不得的傢伙。」

「開學典禮當天，班上就建了班級用的ＬＩＮＥ群組……我就覺得，他們非得湊成一團才會安心嗎？」

「很好！多說點！」

「我希望有一顆隕石砸中我學校。」

「隕石！這點子好！」

暮彥舅舅哈哈大笑，我也覺得很舒暢。

正當我們一起沉浸在抱怨的餘韻裡，隔壁桌有個人靠過來，看外表應該是大學生。

「不好意思，可不可以請你小聲點？店裡還有其他客人。」

暮彥舅舅神情登時一驚，馬上揚起單邊嘴角，鞠躬哈腰。

「這、真是抱歉，不好意思……」

他咕噥著，道歉連連。我不是第一次看暮彥舅舅這麼懦弱，但我還是大受打擊。

大學生回到隔壁桌。座位上還有三個男生，跟那個大學生年紀差不多，理著相像的髮型，穿著也很類似。

「真是夠了，怎麼有人帶小孩來居酒屋？」

「大概是爛爸爸啦，他好像一直在跟小孩抱怨。他有這種老爸，一定很辛苦。」

「就是啊，我才不想變成那種大人。」

隔壁桌發出笑聲，氣氛熱絡。

我裝作什麼都沒聽見。暮彥舅舅也跟我一樣，但從他的表情和一些動作，看得出他很尷尬。

被告誡之後，暮彥舅舅的聲音至少壓低了兩段，只聊一些不著邊際的話。我知道他並不想聊這些廢話，但我也只能應聲。

我們結完帳，到了店外，天空看得見最亮的一顆星。上班族下了班，在路上來來去去。

我和暮彥舅舅走向車站。我要去車站的停車場牽腳踏車，暮彥舅舅則是要搭電車回家。我們之間，徒留窘迫的氛圍。

「——吃到一半，氣氛就冷掉了。」

「哼，反正那些傢伙肯定是用爸媽的錢喝酒，一群不知人間疾苦的大少爺。他們大概沒被人當傻子騙，才不懂體貼別人。」

「那你怎麼不回嗆他們？」

我指責道。我沒有生氣，只是很難過。被人告誡，當然要道歉，公眾場合也要有公德心，應該壓低音量。可是，我並不期待暮彥舅舅擺出那種半吊子社會化的態度。

「我不敢回嗆。」

「為什麼？」

「因為要吵架、要打架，我感覺自己都贏不了他，所以我逃跑了。」

「——膽小鬼。」

「我就是膽小鬼。」

暮彥舅舅光明正大地承認，我一時說不出話。正因為我和暮彥舅舅有很多共通點，我才特別希望他否認自己是膽小鬼。

「——我不想像暮彥舅舅一樣，那就只能選擇變強悍了。」

我譏諷道。本以為暮彥舅舅會生氣，他卻認同我的話：「你很懂嘛。」

「弱者之間共鳴，贏不過強者的道理……但是啊，茅人。」

車站到了。

我們停下腳步，面對面。

「人不變強，就活不下去，那一定是這個世界的錯。我也許是膽小鬼，但我沒做錯什麼。」

暮彥舅舅留下這句話，逕自走向閘門。暮彥舅舅堅毅的背部，隨即混入其他上班族之後，再也看不見。

＊

發生暫停現象之後，這次是我第三次夢見過去。

我心想，次數顯然有點多。而且內容並不像尋常夢境，支離破碎，多半是重現記憶中發生過的情景。也許是睡眠狀況的問題，人睡不夠沉，就容易作夢。是咖啡廳的沙發、保健室的病床讓我作夢？還是有其他原因？

我不知道，但我不覺得這些夢只是恰巧夢見。感覺是我的身體本能地想傳達什麼給自己。

「……嗚唔……」

我躺在沙發上思考，忽然聽見呻吟，是井熊的聲音。我撐起身體，望向井熊睡的沙發。

她似乎在掙扎，閉著雙眼，難過地按著胸口，額頭沁出汗水。這狀況不尋常。

「井熊？」

我不能碰井熊，只能喊喊她的名字。她沒反應，就再喊大聲點。重複幾次之後，井熊終於驀地睜開雙眼。

「妳、妳還好嗎……？」

井熊只轉動眼球，看了看我，身體頓時放鬆，喘了口氣。

「是麥野啊……我沒事，只是做了討厭的夢。」

「我看妳好像很難過……」

「你不用擔心，反正我也不是第一次做這夢。」

這也是讓我有點擔心，不過井熊感覺身體沒有出狀況，我就暫且聽進她的話。

「那，我就再睡回籠覺了。」

「啊，麥野。」

我本來要回去原本的沙發座位，停下腳步。

井熊撐起身，直盯著我，微張的雙脣隱隱顫抖。看她的神情，似乎是想告訴我什麼，又還沒下定決心。

「──想聊聊嗎？」

也許她做了惡夢，睡不著了。我心想，給了她臺階。不過井熊氣餒地垂下頭，搖了搖頭。

「不，還是算了。我還沒做好心理準備。」

「心理準備？」

「啊，不是，也不是什麼大事……」

她不同以往，說話吞吞吐吐。她究竟想說什麼？

「抱歉，我下次再跟你說。我也要睡了。」

「啊，好……我知道了。」

井熊壓著額頭，又躺下了。

我有點介意，但不打算追問。過度干涉彼此，沒什麼益處，而且我好睏。

我回到自己的沙發座位，打算睡回籠覺。

我們越過福島中央地帶之後，上了汽車外環道路。當然，我們是徒步上去。我們從進入盛岡市開始，就一直沿著國道四號走。根據我在書店看過的地區導覽，國道四號是日本最長的國道，從青森直達東京。換句話說，只要沿著這條道路前進，我們就不會迷路。

話雖如此，我們有時為了休息、轉換心情，還是會稍微繞個路。現在也一樣，我們看膩汽車外環道路單調的景色，繞去國道旁的公園。

公園跟一間壯觀的佛寺連在一起，也許是因為佛寺的緣故，公園裡有一座五重塔。看來這座公園以供民眾接觸歷史文化為主題，還重建了日式古老民房和武士宅邸。

「要不要去看看？」我問。

井熊搖了搖頭。

「我對歷史沒興趣。麥野你想看的話，是可以繞過去。」

「嗯……我現在也不太想看，有點走累了。」

「那我們去找地方休息吧。」井熊說完，往前走去。

我們經過公園的場館，來到廣場。這裡看得到一整片的草皮、兒童遊具還有池塘。我們走到池邊，決定在這稍作休息。

我盤腿坐在地上，從背包拿出紅豆麵包，吃了起來，另一隻手揉著自己的小腿。像這樣每天走，我稍微多了點肌肉，感覺肚子也開始變緊實。

就在我吃點心的時候，井熊拿起小石頭，扔向池塘。

石子落進池塘前，就停在半空中。接著，她又瞄準停住的石子扔石頭。一而再、再而三，石子在空中，組成一顆小行星。

井熊偶爾會這樣扔著玩，但她看起來沒特別快樂，應該只是打發時間。

「井熊，妳運動神經很好耶。」

「我普普而已啦。」

井熊扔著石頭，答道。只有她回話時的那一扔，大大扔歪了。

「妳有參加社團？」

「有啊，我之前在打籃球。」

「哦！」

我很訝異，有點難想像井熊投入社團活動的模樣。

「我國中的時候還打得很起勁。但是進了高中之後，第一個月就退社了。」

「為什麼？」

「——為什麼呢？明明學長姊、顧問老師人都不錯，突然就沒興趣了。」

對啊，為什麼呢？井熊用力搖了搖頭，彷彿在質問過去的自己。石子撞到排球大小的石堆，發出「噠」的一聲。

「假如我繼續打籃球，現在會過著稍微青春一點的高中生活也說不定。」

井熊不扔石頭了，來到我旁邊坐下。她的側臉有些哀傷。

「我沒玩過社團……可是，我稍微能懂妳的心情。像我明明每週都很期待某部漫畫的連載進度，有時候卻突然不想追了……」

「你那只是因為劇情變無聊了吧？」井熊說。

「不是……咦？還是妳說對了？」

「我怎麼知道？」

我開始不確定了。

不過，我的確曾經無緣無故，對某樣東西失去興致，只是現在想不起來。喜歡一樣事物，有時會火力全開，幾乎要燒盡自我；有時也會因為一點小事就熄火。人沒辦法控制自己的喜好。

「興趣淡掉也沒辦法，再找一個能讓自己燃起熱情的興趣就好。」

「找得到的話啦。」

井熊答得敷衍，向後躺去。

我們又休息了二十分鐘，離開公園，再次走上國道，向南走去。國道越來越接近市區，道路兩側的商店變多了。

「到東京還有多久啊？」

井熊邊走邊問。

我在腦內算了算，得出一個粗略計算的數字：

「應該兩週以內就到得了。」

「這樣喔，比我想得還花時間。」

「不過走起來體感應該不會這麼久，畢竟我們啟程的時候又有青函隧道，又走過很多鄉下地區。」

「青函隧道啊，對啦，光走隧道我就覺得有一個星期份的疲憊。我再也不要走那種鬼路了。」

井熊一臉煎熬，我苦笑著說：「真的很辛苦。」

不過，我至今仍忘不了通過海底車站的瞬間，有多麼興奮。感覺就像碰到「遊戲BUG」，走進不能進的地方，尋常生活無法體驗這種滋味。

井熊隨口問道。

「麥野，要是時間開始動了，你要怎麼辦？」

井熊也知道，現在還無法保證我們能讓時間恢復流動。也許去了東京，只是白費功夫——這問題恐怕只是用來接話題的，所以我不用想太認真，隨便答就好。

但我卻遲遲答不出來。

我們至今從便利商店、超市偷糧食，擅自借住飯店、旅館。我已經盡力為店員、服務生著想，卻不曾想過我自己。我沒有既定行程，也沒有想做的事，頂多假裝從修學旅行途中脫隊，之後就是繼續一如既往的日常生活。

「——不怎麼辦，我什麼都沒想。」

「我也是，沒想法。」

我聽了井熊的話，莫名鬆了口氣，連我自己都覺得意外。就像小考前發現，不是只有自己沒念書，一樣地安心。

「不過——」井熊又繼續說：

「我好不想回北海道。」

「——這樣啊。」

想到她家人的那些事，我能體會她的心情。

不過，假如她不想回北海道，之後該怎麼辦？高中還要繼續上？要在哪裡生活？開始去打工？在東京生活很花錢，一個沒有後盾的高中生，不可能在那活得下去。就算離開東京，其他地方也差不多難以生活。

「唉，會不會哪邊看到有人掉了一億日圓啊？」

井熊說得半開玩笑，語氣倒有些真心。

時間恢復流動，井熊的家庭問題也不會迎刃而解，甚至需要好好面對。她和家人溝通，不一定能讓狀況好轉，甚至有可能惡化。不論是好是壞，難熬的現實都在她未來的路上等著她。

那不如讓時間保持暫停——

「對了，廁所不知道會變什麼樣？」

突如其來的疑問，打斷我心裡的自問自答。

「廁、廁所？」

「嗯，我之前就有點好奇。麥野上過廁所之後，也會壓沖水手把對不對？我就想說，假如時間開始流動，我們之前上過的每一間廁所，會不會同時沖水？」

「啊……」

話題突然轉到廁所，我嚇了一跳。

井熊的語氣已經恢復以往。也許只是我想得太嚴重，說到底，我再怎麼在意井熊的家庭問題，也沒辦法做什麼，我應該放輕鬆點。

「對啊，可能時間一動，所有廁所就會一起沖水。」

「那當下待在廁所的人一定會嚇死，沒人的隔間裡突然有聲音。」

「哈哈，妳說的——」

最後「沒錯」兩個字，突然從喉嚨消失。

不對勁，怎麼回事？這感覺很像既視感，以前似乎發生過一樣的事。是在廁所？不對，應該跟廁所無關。「同時」、「一起」，這兩個詞彷彿滑入鞋子的小石子，刺激著記憶。

「說到嚇死。」

不協調的感受折磨著我。井熊沒注意到我的異狀，繼續說：

「麥野就像突然消失一樣嘛。等時間開始流動，那一組的同學一定會嚇到。」

「我走在他們後面，應該不會有人發現我不見。而且，我這人本來就跟不存在差不多……」

「喂，不要講那麼負面的話，你一耍自虐就很麻煩。」

井熊氣噗噗地瞪著我。我不是故意耍自虐，只是說事實。

「被人當成不存在，我反而樂得輕鬆。不會給人添麻煩，也不需要讓別人顧慮我。」

更不會被欺負。

我暗自在心裡補上最後一句，緊接著下一秒——

感覺像是有道雷劈在我頭頂，同時，我終於弄懂這股不協調的真面目。

我為什麼至今都沒發現？

「喂？你怎麼了？」

井熊的聲音驚醒了我。

我下意識站在原地不動。井熊走過來，狐疑地瞧著我的臉。

「要休息嗎？」

「不用，我不累，只是……我發現了一件事。」

「感覺很重要嗎？」

我鄭重地點頭，井熊的神情也轉為嚴肅。

「說給我聽聽看，什麼事？」

「——嗯。」

說實話，我光回想以前的事就覺得難過。但這件事跟暫停現象有關，有必要告訴井熊。

我往前走，井熊也來到我身旁，與我並肩。

我在腦中整理資訊，組織言語。

「這次也許不是第一次時間停止了。」

這件事，發生在我國中二年級的時候。

我國中只有一堆討厭的回憶，所以我把當時的記憶都隱藏在腦袋的最底層。也因為這樣，我拖了很久才發現哪裡不對勁。

我讀國中的時候，曾經希望別人消失，而且是兩個人。

他們都是我的同班同學。我現在想到他們，心裡還是很鬱悶。現在想想，正向情緒多半只能維持一時，憤怒、哀傷，還有恥辱跟後悔，會一直殘留在心裡，所以我想忘也忘不掉。

某天下課後，我待在教室的掃具櫃裡。是那兩個人把我關進掃具櫃，還惡狠狠地放話，在他們允許之前，我都不准出來。我傻傻地照做了，也不敢妄想偷偷溜出去。至今的經歷讓我明白，違抗他們，我的下場更慘。所以我努力放掉情緒，忍過去。

但我的努力有極限。我終究耐不住焦躁，怯生生地走出掃具櫃。

教室裡空無一人。外頭已經接近黃昏，斜陽從窗外灑進教室。我現在還記得很清楚，黃昏的天空，像血一樣鮮紅。

我鬆了口氣，幸好他們沒在教室盯著。之後，我打算直接回家，可是胸口突然痛了起來。我好痛，痛得站不住，蹲了下來……不是，我不是生病。

我是不甘心，非常非常不甘心。那次和以往被惡整的狀況相比，不算太嚴重。但我當下最厭倦的，就是自己居然放心了。我明明被關在掃具間一個小時以上，還慶幸對方一小時就放過我……我討厭自己居然鬆了口氣。

我很恨那兩個同學，暗自在心裡詛咒他們好幾次，但我越詛咒，越覺得自己很悲慘……比起憎恨他們，我更厭惡我自己。

我好想消失，這念頭冒出來好幾次。我沒有力氣、沒有勇氣改變現實，那就只能自己消失。無力擊潰了我。

然後，等我回過神來。

我抱著球棒，待在自己的房間。

窗外的夕陽，仍維持在即將日落的前一刻。

「咦？」

井熊轉頭看我，表情彷彿在問我，是不是自己聽錯？

我還沒說完，又繼續下去：

「我當時腦子一片混亂。自己剛剛還待在教室裡，現在卻待在自己房間，手裡還抱著球棒。我覺得很可怕，把球棒丟到附近的垃圾場，又回到家裡。結果到了隔天，我在班會得知，那兩個同學受傷了。他們分開待在其他地方，卻同時傷了腳，兩個人都有被毆打的痕跡，其中一個人還骨折了……班上同學傳了好一陣子。」

「那該不會是……」

井熊倒抽一口氣。

我盯著道路前方，答道：

「應該是我幹的。」

片刻沉默過後，井熊似乎難以釋懷，回我：「可是——」

「那只是『應該』吧？」她問。

「——我不記得了，我從學校走回自己房間的記憶，消失得一乾二淨。」

我之所以能平靜講述自己用球棒攻擊同班同學，是因為我沒有記憶。沒有實際攻擊人的感受，當然沒多少罪惡感。不過，十之八九是我揮球棒打人。

「那也沒證據能證明，就是麥野打人啊？」

「可是，我想當時肯定發生了『暫停現象』。我離開學校走到家，至少要花三十分鐘，等我到家，太陽早就下山了。」

「嗯～唔……」

井熊苦惱地呻吟著。

「這狀況聽起來是很奇怪……但只有這件事，還不能確定有關係吧？」

她不太能接受。

其他呢？還有沒有其他狀況？只有國中發生過暫停現象？小學的時候呢？是不是發生過類似的事？發生在自己身上的怪事，比方說，曾經瞬間移動——

「——啊。」

難不成，那也是？

「你又想起什麼了？」井熊問。

「呃、嗯，我小學的時候可能也有過……」

我和井熊經過陸橋下方。陰影裡，多了點冬季的涼意。

我回想著過去，說道：

「我記得大概是小學三、四年級的時候……有一天，我父母起了爭執，吵得很凶……我什麼都不想聽，就躲在房間裡。結果不知不覺間，我卻站在暮彥舅舅的公寓前，簡直像是我整個人瞬間移動……」

我當時年紀還小，比起因為經歷未知體驗而恐懼，能夠逃離父母爭吵不斷的家中，更令我安心。所以我至今從未認真思考當時的狀況。

「你小學的事，跟暫停現象又有什麼關係？」

「那時的狀況很類似我國中的時候。等我回神，自己已經待在跟剛才完全不一樣的地方。我可能是趁時間暫停的時候，走到暮彥舅舅家，就像我們現在這樣。」

這是巧合？還是暫停現象挖掘了我深藏的記憶。就在最近，我不停夢到小學和國中的兩次事件，可能是受到潛意識之類的機制影響。

井熊的臉上仍滿載擔憂。

「我搞不懂，為什麼你會不記得時間停止時的記憶？這是關鍵耶。」

「這個……我也不知道。」

「是說，這麼重要的事，你怎麼現在才告訴我？」

「我不是故意瞞著妳，是我很不願意回想那時的事……」

「──啊，也對。」

井熊一臉尷尬。

也許是我解釋的方式不夠好。我反省著，是我一口氣說太多，也可能是這些狀況太缺乏可信度。井熊說得沒錯，最關鍵的部分一片空白，反而讓我的話很沒說服力。

「──抱歉。」

井熊突然道了歉。

「咦？為什麼？」

「就是，我逼你說那些討厭的事。」

「喔……沒關係，我還好。而且我一定得告訴妳那些事。」

井熊願意擔心我，我反而覺得很開心。最近井熊的態度越來越柔和，和初次見面的時候判若兩人。我現在真的很感動。

「假如麥野說的是真的，代表時間總有一天會流動，對吧？」

「對，總之我就是想告訴妳，時間會恢復的。」

這一點，比解析暫停現象的機制、發生條件更重要。

暫停現象，有其終點。

我們不會一直被關在時間暫停的世界裡。儘管結論還不夠確定，但光是知道有機會離開，心情就輕鬆不少。對井熊而言，這也是一大收穫——我本來是這樣想。

「這樣啊，會恢復啊……」

她卻看起來不太開心。

井熊的反應讓我很意外。我以為她會更開心、更安心一點。不過，井熊剛才還補了一句「假如麥野說的是真的」，代表她還沒完全相信我。

她現在的反應，說不定比較正確。如果我的推測失誤，期待就會轉為同等分量的絕望。所以現在應該更保守一點。

但就算態度保守，井熊的表情顯得格外沉重……

「是腳啊。」

井熊低頭嘀咕著，走路的速度變得有點慢。

「那兩個同學受傷的地方，不是頭也不是腹部，是腳，對不對？」

「是、是啊……」

她的嗓音聽不出情緒，我疑惑地回答。接著，井熊忽然默不作聲，面無表情，但是不像是不悅或毫不在乎，而是接近冰冷無情。

她剛才是在確認什麼？她很在意我瞄準腳的原因？我沒有下手的記憶，但能合理推測。

「呃……我確實很恨那兩個同學，但還不到想殺死他們的程度。攻擊頭和肚子，一個不好會危及性命……所以才瞄準腳。」

我試著把狀況解釋成理智拉住了自己。可能第一個目標打到骨折，第二次攻擊遲疑了，才變成毆傷。又或者要反過來，我第一次下手時遲疑了，第二次才下定決心。

無論真相是哪一邊，拿球棒痛毆無法抵抗的人，不可饒恕。我不禁為自己的暴力和陰險毛骨悚然。另一方面，一想到他們對我做過的一切，我還是覺得自己的行為不過是正當報復。

「算了，我想也是。」

井熊留下這句話，微微冷笑一聲。

我不太懂她在想什麼，是我不小心戳到她的某個雷點？

井熊邊走邊伸懶腰，望向遠方，發出一聲：「啊！」

「那邊有便利商店，差不多來吃午飯吧。」她說。

「啊，嗯，好啊。」

井熊快步走向前，聲音、背影已經不見陰影，一如往常。

我感覺自己被鬼怪戲弄了似的，而且各方面都留了些疑點。井熊身上那股危險氣息，究竟是怎麼回事？而且她順水推舟，直接帶過暫停現象相關的話題……

我們越過福島縣，踏進栃木縣境。我們終於來到關東地區，前往東京的旅程也接近尾聲。現在我們身在栃木縣的那須町，就在福島縣和栃木縣的交界處。眼前是一片開闊的道路，兩旁圍繞著田野。

我和井熊討論過暫停現象的起因之後，大概過了三天。自那天之後，我自己整理了一些暫停現象的資訊。我一邊走，一邊在腦內整理情報。

第一點，過往恐怕發生過兩次暫停現象。

分別是我讀小學和讀國中，各一次。

第二點，我沒有時間暫停期間的記憶。

我確實不記得前兩次發生的詳細狀況，這一點算是無庸置疑。

第三點，暫停現象總有一天會結束。

第三點的前提是第一點為事實。另外，我不知道暫停現象會持續多久，也不確定這次也會平安結束。但至少不會永遠持續下去。

前面三點可以導出一個結論：

時間暫停期間的記憶，會消失不見。

我不記得過去發生暫停現象的事，結論算是合理。

說實話，這結論說服力不太夠，也可能完全猜錯。假設真的會失去記憶，別說旅行的種種，我甚至會忘記井熊。

當我告訴井熊這結論，她詫異地目瞪口呆。

「咦？會忘記嗎？」

「這只是假設，但有可能。」

「真的假的，這、該怎麼說……」

井熊一時吞吞吐吐，話語在舌尖咀嚼再三，先是開口想說話，隨即又放棄，嘆了口氣。

「——那我也會忘記跟麥野一起旅行的事嗎？」

「不，這就不知道了。我碰過類似的狀況，但井熊這次應該是第一次碰上暫停現象，對不對？」

「就我的印象，是第一次沒錯。」

「那妳不一定會跟我一樣。啊，不過也可能只是妳忘記了？井熊小時候有什麼奇妙的經歷？比方說不知不覺待在陌生地點……」

「我想過你說的可能性啦，但我根本沒碰過啊。我確實有一、兩個古怪經歷，但跟時間暫停八竿子打不著。」

「這樣啊……」

我輕咬嘴唇。

我們無視紅燈走過十字路口，經過大型卡車的後方，廢氣的氣味刺入鼻腔。現在我們知道暫停現象會結束，過馬路開始比較小心。

「果然，是我把井熊捲進來的。」

「嗄？幹麼這麼說？」

「除此之外沒有別的可能性。我已經是第三次遇上暫停現象，但井熊是第一次，對吧？而且時間是停在我去函館的時候，看這狀況，根本就是我的錯。」

罪惡感突然湧上心頭。我握緊了拳頭，指甲幾乎陷進手掌，低著頭。

「對不起，井熊。假如我沒有去函館，也不會演變成這種狀況……」

「你、你不要這樣啦，真麻煩……」

井熊尷尬地擺弄自己的瀏海。

「原因是什麼又沒差，事情都發生了，再後悔也沒用啊。」

「──妳真溫柔。」

「我才沒有溫柔啦。」

井熊撇過頭，但也沒這麼抗拒我的稱讚。

「可是啊……」

她低下頭，悄聲說：

「我自己肯定也有錯。」

這句話是顧慮我的心情，還是真心話，我無從判別。我不太想追問原因，暫時讓對話告一段落。

之後，我們走了一段路，在路旁發現一間小小的卡拉ＯＫ店。我們正想要找地方住宿，便決定在卡拉ＯＫ店休息。再往前走，感覺找得到飯店或商務旅館，但今天我跟井熊已經沒力氣繼續走了。

我們趕緊走進店內，想找空包廂。這間店離市區有點遠，卻莫名生意興隆。客人全都是老人家，這裡是不是在辦老人俱樂部的活動？

結果，我們只找到一間空包廂，空間剛好能讓兩個人躺著睡。

「那就睡這吧。」

井熊毫不遲疑，走進包廂。

四坪大的空間，男女獨處。我們的話是不會出什麼問題，但我也不禁訝異，井熊也太信任我了，甚至有點沒戒心。算了，反正也不是第一天獨處。

我把行李放在地板上，坐在處處有裂縫的皮沙發。

「我去一下廁所。」

井熊說完，走出包廂。

我環顧整間包廂。我其實是第一次走進卡拉ＯＫ店。我很抗拒在別人面前唱歌，有人邀我去班上的慶功宴，我也會拒絕。

良久，井熊抱著一堆零食回來。她喜孜孜地把零食攤開來。

「我從其他包廂各拿了一點回來，我們一起吃吧。」

我才在想她怎麼上廁所上這麼久，結果是跑去偷零食……我正想告誡她，但一看到井熊笑得那麼純真，碎念的力氣也沒了。算了，各拿一點點的話，應該還好。

井熊走到沙發坐下。

「我好久沒來卡拉ＯＫ了，你要唱歌嗎？」

「咦!?不用，沒關係啦。我不敢在別人面前唱歌，肯定唱不出來。」

「你拒絕得太激動了吧。算了，我沒力氣唱，反正機器也不會動。」

她說完，拿了一盒百奇巧克力棒。

我也決定吃點心，打開柿種米果的小包裝，一口一口嚼著。微微的辣刺激舌頭，味道熟悉又令人親近。

井熊咬著巧克力棒。

「我對卡拉ＯＫ沒什麼好印象。」她說。

「是喔，發生過什麼事嗎？」

「也不是有什麼事……」

井熊沉著臉，繼續說：

「我國中的時候，有朋友邀我去卡拉ＯＫ，結果到場才發現都是高中生，而且那些傢伙都很輕浮，還飄著菸味。」

「這也太嚇人。」

「直覺告訴我這聚會不太妙，就假裝要去廁所，逃走了。在那之後，有人邀我去卡拉ＯＫ，我基本上都會拒絕。」

我聽完故事，鬆了口氣，她沒事就好。

「幸好妳這次沒逃走。」

「傻蛋，再多來幾個麥野，我也不會怕啦。」

井熊嘻嘻笑著，打開另一個巧克力包裝。她已經吃完一包巧克力棒。我們都吃完晚餐了，她還真能吃。看來她把甜食裝在另一個胃。

「麥野要不要也染個頭髮，打個耳洞？欸變一款人喔。」

啊，她說方言了。

每次聽見井熊說方言，我就感覺到一點欣喜。就和她笑著露出虎牙的時候一樣，感覺自己稍微觸碰她的內在……這說法有點變態，總而言之，我很開心，她願意在我面前放下戒心。

我想聽井熊說更多方言，但她覺得說方言很丟臉，所以我故意不提醒她。等我們單獨相處得更久一點，她會不會自然而然就說出口？真希望能成真。

「應該不適合我，而且感覺打耳洞很痛。」

「要在耳朵上開個洞，當然痛啊。」

井熊把巧克力扔進嘴裡。

「井熊，妳為什麼要打耳洞？因為戴耳環很時髦嗎？」

她露出沉思的神情。

「因為會提高防禦力？」

「防、防禦力？」

「就是，感覺自己的輪廓變清晰了？打了耳洞，就感覺自己還能撐下去。雖然我沒打這麼多個啦。」

「原來如此……」

配戴裝飾品，提升防禦力，聽起來好像《勇者鬥惡龍》的設定。也許兩者道理是一樣的。裝飾品其實沒有實質效果，只是強化勇者的想法，提升ＨＰ或攻擊力……這樣思考，就有一點趣味。

我們吃著點心、說說笑笑，睡魔也悄悄襲來。井熊跟我一樣打起瞌睡，我們開始準備睡覺。結果到睡前，我們都沒有唱歌。

刷完牙，換好衣服，我躺在沙發睡覺。沙發表面很滑，感覺翻個身就會跌下沙發。光是睡覺就很耗心力，結果我只能淺眠，睡睡醒醒。

我正想著要不要乾脆睡地板，忽然聽見呻吟聲。是井熊，她在睡夢中掙扎。是因為她之前提過的「惡夢」？

假如真如我所想，她究竟夢見了什麼？

＊

「妳要去哪？小光！」

我不理媽媽的呼喊，衝出家門。

我把公寓的樓梯踩得噹噹響，快步往下奔去。我氣死了，再也不回那個家，甚至想做出那件最不孝的事。

外頭天黑了，現在是晚上八點。我來到人行道，沿著路往前走。我沒想過要走去哪，只是現在不走路，解不了我的氣。

真是氣死我了。

媽媽罵我無所謂，我也能忍受臭老爸瞧不起我，就是沒辦法忍受媽媽袒護臭老爸。那個混蛋明明一直把媽媽當奴隸使喚，她為什麼要站在那混蛋那邊？為什麼要打我？她一點都不氣嗎？她覺得那混蛋比我重要？

我真的不懂，到底為什麼啦？

我走著，摸了摸被媽媽打過的臉頰，感覺臉上殘留些微的痛，眼底忽然一陣熱燙。不行，不可以覺得傷心，覺得難過就代表自己輸了，所以，我要生氣。

「混蛋！」

我踢了旁邊的路燈一腳，但我的心情一點也沒好轉，反而讓路人看到自己踢路燈，好丟臉。

現在冷靜一想，我還穿著制服。我下課回家，睡了午覺，起床吃了晚餐，正想去洗澡就跟家人吵成一團，衝出家。我出來之前只套了棒球外套，忘了帶錢包，現在手上只有手機跟口袋裡的手錶。

接下來該怎麼辦？

我沒地方去，又沒有朋友能讓我暫住。但我又不想回家，只好走向函館車站。我現在想盡可能去人多的地方，也許能轉移注意力，不會那麼不安。

海的方向吹來陣陣海風，吹得我的頭髮亂七八糟。可惡，所以我才討厭海邊。溼氣弄得皮膚黏答答的，海水的鹹味也已經聞到煩。說到底，我就討厭這座城市。一個小鄉下，裝得像大都會，位置又在北海道最邊邊，去青森、去札幌，都花錢花時間。我也不太喜歡函館特產的烏賊。

真想去遠方。

大都會還是比較好，東西多，感覺能盡情填補焦躁與空虛。札幌並不壞，但既然要去大都會，我想離開北海道。像東京也行，我想去更溫暖、更熱鬧的城市。

我腦袋繞著這些念頭，到了車站。

在車站附近閒逛了一陣子，什麼也沒發生。當然不會發生事情，我到底在期待什麼？

走著走著，我漸漸沒了力氣，坐在車站大廳的長椅。我沒有錢，哪都不能去，也買不了東西。我至少該帶上錢包再出門。

我手插口袋，思考之後的事。但我越想，心情越憂鬱。怒意消了風，不安跑出來，在我的腦子逛大街，陰沉的想法填滿腦中。我完全不知道，我之後該怎麼辦。

現在是十月，幸好今晚天氣不算冷，只不過，我已經徹底心灰意冷。

時間來到晚上十點，這時間有高中生在外頭逛，肯定會被警察帶去輔導。這裡路人很多，可能該換個地方。但我又找不到地方去……

「妳怎麼了？」

正當我在原地走投無路，有人向我搭了話。

我回頭去，看到一個大叔，身上穿著老舊的西裝。我當下以為是高中的老師，提防著對方。不過對方的長相很陌生，而且他好像不打算來教訓我。

「我沒怎麼樣……」

「我看妳剛剛一直待在這裡，妳在等人？」

這傢伙盯了我很久？

「我待在這又怎樣了？」

「妳是學生吧？時間這麼晚，該回家了，怎麼還跑出來？還是妳有什麼理由不能回家？」

大叔說中了，但我沒有回答他。我不想讓這傢伙看出破綻。總之我不想被他小看，眼神變得凶狠，無聲無息威嚇對方。

「別瞪我瞪得這麼凶狠，叔叔又不會把妳抓去吃掉。」

大叔苦惱地笑。

「對了，叔叔現在要去吃晚飯，妳要不要一起去？」

「——我不餓。」

「那要不要吃甜的？有間居酒屋也賣甜點的，假如妳沒地方去，不如跟叔叔邊吃邊聊？」

這大叔也太愛裝熟，但他看起來不像壞人。他一開始也是叫我回家，應該是正常人？而且，是他邀我吃飯，應該不會二話不說就把我帶去警察局。

我點了點頭。

「那我們走吧，店就在附近。」

我跟了過去。我並不是想向大叔求救，只是現在想找點事情分心，讓自己別那麼無助。之後的事，就邊吃飯邊思考。

我們走了十分鐘，來到一間鬧區裡的居酒屋。一進店，店員隨即帶我們到內側的桌位。店員一直盯著我看，但沒特別說些什麼。

大叔點了啤酒和生魚片、天婦羅，我要了一個甜點，像是在蜂蜜蛋糕上面加了鮮奶油。飯菜送上桌，大叔接過飯菜時，我看到他左手無名指套了戒指。

大叔察覺我的目光，輕撫自己的戒指：「這個啊。」

「其實叔叔和老婆吵了架，現在在家裡沒什麼地位，所以盡量晚回家。」

「——是喔。」

「妳呢？妳和爸媽吵架了？」

「也不算吵架……」

「要不要說給叔叔聽？就當是付叔叔飯錢。」

大叔這麼說，我很難拒絕。

讓對方反感很麻煩。我討厭暴露自己的弱點，但我還是照做了。

我解釋自己來車站前的前因後果。大叔聽著我描述，一個勁地點頭、答腔。

「這樣啊，妳真辛苦。對小孩動粗的家長太糟糕了。」

我頓時一個不爽。這傢伙又不認識我媽媽。我也覺得媽媽對我做了很糟糕的事，但我不想對方隨便同理我。

「叔叔念書的時候也經常跟爸媽吵架，結果就有點學壞了。有時會去住朋友家，有時會騎著機車到處跑。現在想想，當時就只是我處於叛逆期，但那時候過得真開心。到了夏天，我們還會拿沖天炮，互相射來射去——」

大叔的話，我多半左耳進右耳出，一邊大口嚼著眼前的甜點。照這樣子，等我離開居酒屋，應該已經十二點了。最慘的狀況，我可能要準備露宿。外頭的氣溫能算能忍受，然後等到明天……

——該怎麼辦？

我還是需要錢，乾脆找找看日薪打工？可是真有我能做的工作嗎……？

直到最後，我還是想不到方向，就這麼走出居酒屋。如我所想，時間剛過深夜十二點。

大叔結完帳，走出居酒屋，來到我面前，揚起笑容。

「要不要叔叔幫妳準備住的地方？」

他的聲音有種黏膩的感覺。

我心中的戒心計量表一口氣升高。這一去，那大叔肯定不會只幫我準備住處就離開。他就是打著「那種」算盤才開口，準備趁人之危。太糟糕了。

換作平時的我，肯定大罵他一頓，當場逃走。但我現在逃得掉，之後又想怎麼辦？我根本毫無頭緒。

既然如此，不如——

「那你帶路吧。」

大叔聽我這麼說，嘴角勾得更高了，他藏不住臉上的興奮。

我跟著大叔走進小巷子，腦中計畫著。

想當然耳，我們來到做那檔事的旅館，進了房間。我拚命掩飾自己的慌亂，不讓對方察覺。我是第一次來這種旅館。

我坐上沙發，那傢伙也跑來坐在我旁邊。

感覺我的心臟快爆開了。

那傢伙的手正要摸上我的膝蓋——

「你要不要去沖個澡？」

我卯足全力假裝冷靜，說道。

「喔，也是，是該沖個澡。」

大叔乖乖照做了。

更衣間的門一關上，我馬上執行自己的計畫。

我翻找那傢伙的錢包，打算偷了錢包就跑。我知道這是犯罪，但對方半斤八兩。我沒有半點愧疚。

我把公事包裡的東西倒出來找，又摸索大叔的西裝外套，但是一直找不到錢包。我急了，汗水從太陽穴滑下，但我不能雙手空空離開。都冒險跑來這種旅館了，我說什麼都想帶點錢走。

公事包、西裝外套都沒有，那就只剩下……西裝褲口袋。

我偷偷摸摸溜進更衣間，翻找那傢伙的褲子。有了！錢包就插在口袋裡。好，之後只要趕快逃走——

耳邊傳來「喀嚓」一聲。

浴室門打了開來。

「咦？妳在做什麼？」

我以為自己的心臟要停了。

全身登時僵硬。糟了，快點，要趕快跑。

「那是我的錢包，難道妳想偷錢包？」

快動，快動，快動！

我大步跑了出去。

穿過更衣間，處處擦撞牆壁，奔向房門口。我伸出手，用力拉過門把。

——混蛋！那臭老頭居然鎖門了！

「喂喂喂，人都到這裡了，不要跑啊。」

一股蠻力扯過我的手腕，直接把我拖回房間內。糟了！我拚死掙扎，但是掙脫不了大叔的手。男女間的力量差距顯而易見。再不逃走，我真的會倒大楣。為什麼？為什麼我得受這種罪？

我不要！

憤怒、絕望、無力，在腦中纏繞成一團後爆發。

「垃圾——別開玩笑了！不准對女高中生動歪腦筋！」

我使盡全力，推開那傢伙。緊接著，他的手放開了。「哇啊！」那傢伙慘叫一聲，直接向後倒去。

後腦杓，撞到桌角。

大叔動也不動，像是死了似的。

「呼、呼……」

桌角閃過一抹黏稠的紅光。大叔的後腦杓，流血了。

他不是像死了一樣，搞不好，他真的——

「……！」

我一時害怕，逃走了。錢包什麼的已經無所謂了。我打開門鎖，衝出房間，跑進電梯，模仿我以前看過的恐怖電影女演員，拚命猛敲「關」和「一樓」的按鈕。

我逃出旅館，仍然拚了命奔跑。我好想去遠方，好想去一個誰也不認識我的地方。

——我到底做錯了什麼？

我不知道。

好想從頭來過，或是，結束這一切也好。我真希望明天再也不要來。

我在街道上不停奔跑，正當我無視紅綠燈，即將穿越馬路——

「啊。」

汽車比想像中逼近我。

一股衝擊，竄過全身。

＊

「嗚呃！」

井熊掙扎著，從沙發座椅摔了下來。主因是她扭動腰部，睡得太不安穩。我應該在她摔下來之前叫醒她。

「好痛……」

她正要撐起身體，又是「哐」的一聲，頭撞到桌子。她的災難真是接二連三。

井熊嘖了一聲，煩悶地站起身。

「——是夢啊。」

「妳還好嗎？」

我關心地問，井熊卻嚇得肩頭一跳。

「你醒著啊……」

「嗯，這裡不太好睡……」

「對啊，不應該挑卡拉ＯＫ睡覺。」

井熊坐回沙發，看起來疲憊不堪。

「妳又做了惡夢？」

「——算是。」

井熊從自己的背包拿出礦泉水，大口地灌。瓶口離了嘴，她嘆了口氣。

「我最近一直做同一個夢。在夢裡，我離家出走……之後都被很糟糕的結尾嚇醒。」

離家出走，和井熊遭遇暫停現象前的處境一樣。

井熊雙手環抱自己的身體，手微微發顫。她臉色發青，望著我。

「你願意聽我說嗎？」

「嗯。」

我點了點頭，井熊的目光垂向桌子。

接著，她滔滔不絕地說起了夢境。

「然後，我被車撞到，就驚醒了……除了被車撞，其他都是實際發生的事。」

「這個、該怎麼說……」

怎麼辦？我不知道該說什麼。

沒想到井熊遇見我之前，居然碰到這種事。

井熊故意誇張地哀號了兩聲，靠向椅背。

「真希望那些只是一場夢。」

我現在才明白，井熊為什麼想去東京。

反正都要找暫停現象的解決方法，她只想盡快遠離函館。就算暮彥舅舅的家在名古屋、甚至在大阪，她都會做出相同選擇。

「那個男人後來怎麼了？」

我小心翼翼地問。

「我不知道，我在函館車站跟麥野道別之後，又去那間旅館看過……房間門鎖著。他大概被送去醫院，不然就是自己回家了。」

井熊冷笑一聲。

「不管他是死是活，我都算有前科了。」

「不、不會有的。井熊又沒有犯罪，推開他是正當防衛。」

「推開大叔算正當防衛，但我的確想偷他的錢包，我沒辦法改變事實。」

我不希望她說喪氣話。

「這也沒辦法」、「要怪那個男人」、「因為妳被逼到走投無路了」，我想到什麼說什麼，但沒有一句傳進井熊的心裡。

「麥野，你說都怪你，時間才會停止，但我覺得我也有錯。」

「怎麼會……」

「我剛才也說過了，我那時候邊跑邊想，真希望明天再也不要來。所以，就算真的是麥野停住了時間，我也不是莫名被捲進來，而是下意識自己闖進時間停止的世界裡。」

井熊垂下眉頭，似乎很愧疚。

「抱歉，我一直沒告訴你這些。」

「我不在意，而且……我比較擔心井熊妳。」

「幹麼擔心我？我先說好，我現在沒這麼在意那大叔的事。都過好幾十天了，我也差不多振作了呀。」

井熊應該在逞強。假如她真的振作了，不會在夢裡苦苦掙扎。她現在應該也很焦慮。

「而且啦。」

井熊的語調高了兩度，說道。在我耳中，她只是勉強自己發出樂觀的語調。

「時間停止之前，我媽媽傳了ＬＩＮＥ給我。她寫了一長串文章，跟我道歉。所以等到時間恢復，媽媽以後應該會站出來袒護我。所以，不用擔心我。」

「——好吧。」

本人都說到這個地步，我多管閒事也說不過去。我也希望井熊可以很堅強。與其看她傷心難過，我更希望她露出笑容，哪怕她有些蠻橫也無所謂。

不過，相較於井熊嘴裡的積極正向，她的神情仍舊痛苦……那表情牢牢烙印在我眼底，久久無法散去。

「感覺氣氛好沉重，我差不多要睡了。」

井熊說完，不等我回答，逕自躺下。

我也躺了下來，閉著眼，思緒在腦中轉著。

我想找方法，抹去井熊的憂慮，但我能做到的事，少之又少。我沒辦法抹消井熊的罪，也無法幫她跟家人和好。

假設我要為她做些什麼，那就只剩——

我們重新躺下之後，又睡了四、五個小時，做好啟程準備，離開卡拉ＯＫ。井熊像在做體操，向後仰伸展後腰，關節喀喀響。

「唔，關節發出聲音給人聽到，有點丟臉。」

「我倒覺得這滿健康的。」

「呃，怎麼會健康啊……」

井熊轉了轉手腕、腳踝，仔細做完伸展操。「好！」她喊出聲，打起精神。

「那就，出發！」

「等一下。」

井熊鬥志十足，正要跨出步伐，硬生生被我叫住。她轉過身。

「幹麼？」

「我有一個提議。」

我盡力用了正經的語氣。井熊察覺接下來要聊嚴肅話題，也收斂表情。

「什麼提議？」

我吞下口水。

好緊張。這提議算是一場豪賭，也許能讓井熊放心，也可能惹怒她。我想一個人要告白的時候，應該跟我一樣緊張。

我下定決心，開口說道：

「我們要不要就讓時間保持靜止？」

第五章

我們沒有明天

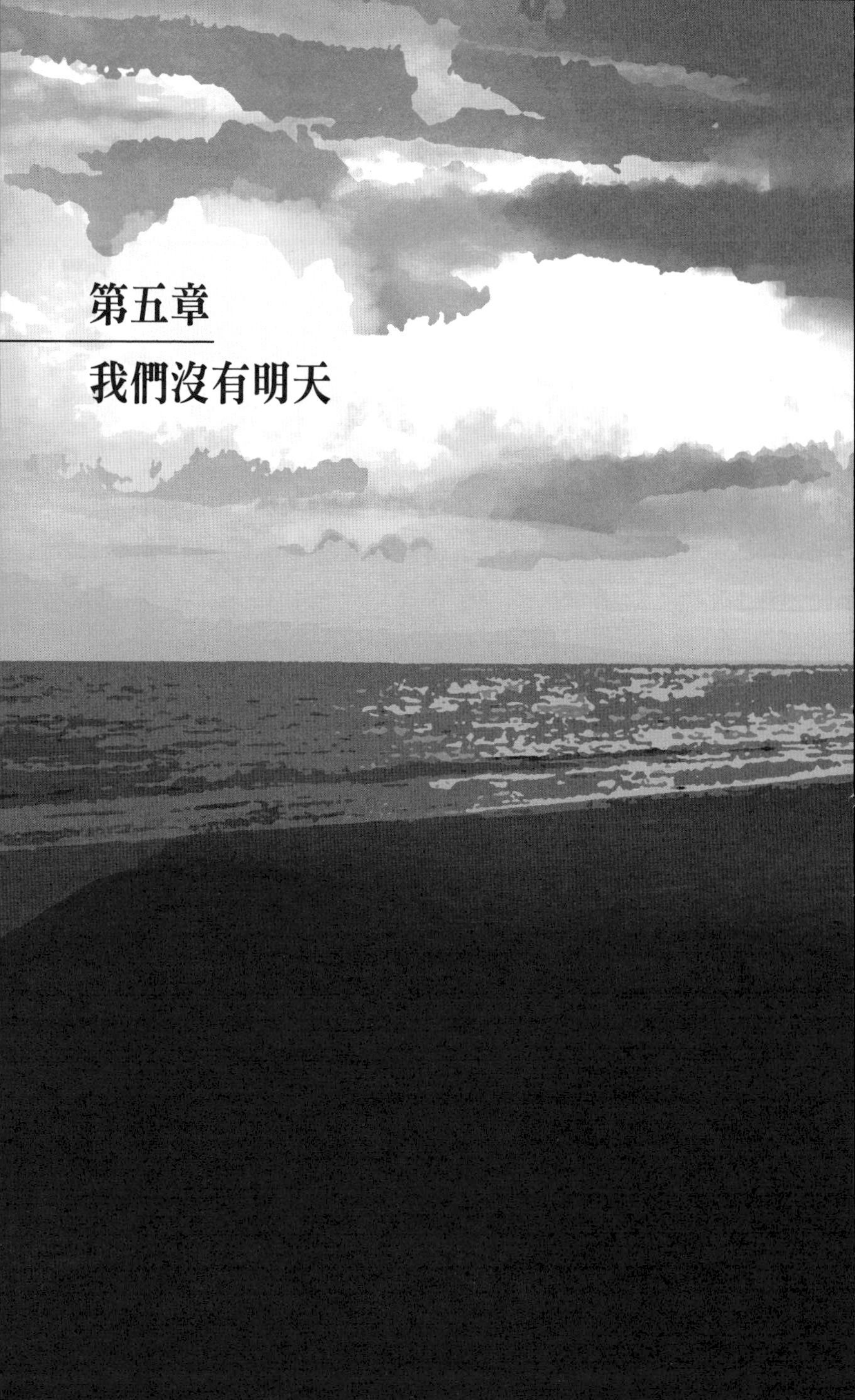

『所以我才說要馬上治好，他那個樣子過不了像樣的學校生活啊。』

『茅人有茅人的步調，不需要這麼急呀。』

淺睡之際，突如其來的說話聲，吵醒了我。

是我的父母在說話。印象中，那應該是我讀國中的時候。兩人在客廳爭執，聲音傳到我房裡。

『那小子連電車都搭不了，出社會之後要怎麼辦？』

『現在不需要考慮這麼遠以後的事，而且也能在家工作。』

『在家做的工作不是打工，就是只有一小部分人能做。妳要看清現實啊！』

『老公，你才應該多關心茅人！那孩子已經很努力了呀。』

唉，這記憶真令人討厭。聽父母吵架最讓人憂鬱，更別說起因是自己。

他們正在討論我的將來。「將來」，這詞彙有夠刺耳。我總是快被這兩個字的重量壓垮。我光是活在現在，就已經費盡力氣，根本不想去思考將來。

『你只是在害怕，不是怕爸媽，也不是怕學校，而是害怕更龐大的「東西」。』

暮彥舅舅曾經這麼說過。

我害怕？啊，對了，我想起來了，暮彥舅舅當時的言下之意。我當時年紀小，卻出乎意料，聽得懂他的意思。而我現在也不曾改變想法。

我害怕的「東西」，暮彥舅舅害怕，恐怕井熊也一樣害怕。

未來。

我害怕未來，害怕時間流逝。

害怕重視的人離去，害怕病況惡化，害怕升學，害怕求職，害怕災害，害怕意外，害怕變老，害怕壽命到盡頭，更害怕手中的幸福離去。

可怕的所有事物，都在未來等著自己。然而「未來」這兩個字，總是帶有正向、積極的形象。

因為人若不對未來抱持希望，就活不下去。

未來一定是美好、充滿希望。而堅信前述念頭的狀態，人們稱之為「幸福」。然而未來的本質與那念頭背道而馳，模糊不清，籠統空洞。

不過，只要時間停止，我就能逃離不具體的未來。

我不需要思考將來，井熊也不會受法律責罰。

既然如此，這場「暫停現象」——

有可能成為我們的救贖。

「保持靜止……？」

井熊訝異地蹙眉。總之我放心了，她沒有突然發火，或劈頭就否定我的想法。

「你根本不知道怎麼恢復時間流動，哪能談什麼保持靜止。」

「關於恢復的方法，我其實心裡有個底了。」

「什麼!?」

井熊湊了過來。啊，糟糕，結果是這件事惹火了她。

「你幹麼不趕快告訴我，這很重要耶！」

「抱、抱歉，可是我是幾個小時前才發現的。那時候井熊還在睡……」

我找藉口推託，緩緩往後退。井熊近距離狠瞪著我，聽了我的話，才把身體收回去，仍然銳利地瞇著眼。

「你說說看。」

我鬆了口氣，拍了拍胸口，開始解釋：

「我至少經歷三次暫停現象，一次是小三或小四，一次是國二，一次高二，也就是現在。我努力回想以前的狀況，找到唯一的共通點。這點在井熊身上也說得通。」

井熊手靠著下巴想了想，不久，她驀地抬起頭。

「——你說心情低落到極點？」

「對，這三次暫停現象，都發生在我絕望的時候。」

第一次，是我父母在吵架。

第二次，是被同班同學欺負。

而第三次，是修學旅行的分組活動。

我的絕望和井熊相比，根本引人嗤笑。但對我而言，那些狀況還是會讓我難過到不想活。

「假如絕望就是觸發條件，我猜解除暫停現象的方法，應該是變成相反的狀況。」

「相反的話……你說要抱持希望？」

「應該就是那樣。」

「你說就是那樣……聽起來好簡單。」

井熊擺出無力的樣子，似乎很傻眼。

小學那次的暫停現象，應該在我走到暮彥舅舅的公寓，就結束了。我可能聽父母吵架聽得太難過，想去找暮彥舅舅求救。所以抵達公寓的那一刻，我心中有了希望，時間就開始流動。

第二次恢復流動的契機，恐怕是我成功報了仇。我拿起球棒，痛揍了那兩個欺負人的同學，離開現場之後……我可能是感覺到成就感，或者感到舒暢，才結束了暫停現象。

「我讀小學的時候都能逃出暫停現象，所以時間恢復的條件應該不難，不要求特殊的技術或好運。」

井熊雙手環胸，低聲苦吟。她還不太能接受這答案。

「純粹抱持希望就好的話，那時間應該早就恢復了啊。」

「我想應該是要對特定事物抱持希望。」

「特定事物，什麼啊？」

「像是，未來。」

井熊怔怔地眨眨眼，沒料到我會說出這個字眼。她輕聲複誦著：「未來……」

「這樣的話，是沒錯……可惡，我好像懂了。」

井熊神情五味雜陳，抓了抓後頸。

討厭暫停現象，不等於對未來抱持希望。井熊雖然抱怨時間暫停帶來的不便，卻很少提起未來。她心底最根本的想法，果然跟我一模一樣。

不過，假如暫停現象結束的條件當真如我所料，就像井熊說的一樣，條件很簡單，或者說，很寬鬆。現在回頭想想，我們之前常常坐在車道正中間，或是直接從行進中停住的汽車前面通過。萬一那個當下時間開始流動，光想就不由得毛骨悚然。

「我懂你的提議了。」

井熊又說：「但是——」

「——我希望你讓我考慮一下。」

想當然，她不可能馬上決定。

活在未來，或是停留在靜止的世界，兩種選項意義都很重大。心中的天秤不可能輕易倒向某一側。

「那就邊走邊想。」

我向前走去。先不提要選擇哪一種結果，與其停在卡拉ＯＫ前面，走到鬧區還是比較方便。井熊默默跟在我身後。

我們沒有對話，默默向前走，井熊突然開口說：「這是我上小學時的事。」

「我那時候根本不會游泳，而且全班只有我一個人是旱鴨子。我想游出去，但是根本有一半在溺水，被人看到超丟臉的。所以我很討厭游泳課。」

我默默聽著。

「四年級的時候，有游泳測驗。用自由式游完二十五公尺，才算合格，腳碰到池底，暑假就要重補修。我那時候憂鬱得不得了，隔天就要考試，我卻睡不著。我窩在被子裡，一直希望明天不要來，希望時間停在這一刻不要動。可是，早上還是來了，游泳測驗照常開始。我本來就不會游泳，再加上睡眠不足，身體狀況差到極點。」

井熊輕嘆口氣。

「最後，我還是在同學面前出醜，暑假得去補修游泳課。我那時候需要的，也許是時間。多一點時間練習，多一點時間好好睡覺，還有多一點時間做心理準備。而這三種，我都沒有足夠的時間。」

井熊說到這，停下腳步。

我也停下來，面向她。

「我現在也想要時間。這麼做可能只是把現實往後延……但只要我做好準備，也許我也能去到一個沒有謊言、沒有痛楚的世界。所以，我贊成麥野的提議。」

我聽了這番話，心底湧出欣喜，感覺自己和井熊又一次成為同伴。雖然為這種事開心，好像太輕佻了。

「太好了，很高興能聽到妳這麼說。」

井熊淡淡一笑，隨即想轉換情緒，說了句：「所以──」

「我們接下來要做什麼？」

「呃，我還沒有具體決定要做什麼……總之我們還是往暮彥舅舅家前進，但可以不用那麼趕。」

「就是慢慢走囉？」

「對。」

我用力點頭，感覺有點興奮。我們脫離時間的束縛了，之後愛怎麼玩、怎麼偷懶都行，不怕挨罵，更不需要思考未來。這狀態實在太美好了。

「那我想去一個地方。」井熊說。

「哦？哪裡？」

井熊害羞地摳摳臉頰。

「溫泉。」

於是，我們改變方向，往西邊前進，來到那須高原山腳下的溫泉區——那須溫泉鄉。我們花了整整一天才到達目的地。一路上都是彎彎拐拐的上坡道路，我們流了不少汗。

我們慢慢走上山坡，路面鋪得越來越漂亮，開始出現古老的木造房屋。一旁的小溪架了古色古香的橋梁。

「啊，我在電視看過這間溫泉。」

我指著一間特別老舊的木造建築，問井熊要不要選這間住，井熊同意了，我們就一起走進屋內。

結果證實，我的選擇算是賓果了。

說實話，我不太懂溫泉的功效或泉質，但是從露天澡堂向外望去，風景非常優美。下方是一整片大自然景觀，處處看得見紅楓。光是能夠欣賞這幅絕美景色，就值得我爬那麼長一條山坡路。

我充分享受完溫泉，回到休息區，只見井熊坐在窗邊，眺望外頭。她還拿著圓扇，往臉上搧風，不知道她從哪裡拿來那柄扇子？

「妳泡得真快。」

我開口搭話，井熊停下手，望向我。

「好不容易來一趟，我想泡泡不同種類的溫泉嘛。所以我提早起來了，保留一點想泡的念頭。」

「妳打算徹底享受一番啊。」

「麥野你也一樣吧？」

我也坐到窗邊，答道：「算是。」

井熊把圓扇放在休息區的桌上，朝一名靠在牆邊的觀光客湊了過去。觀光客手上拿著旅遊書，井熊抽走那本旅遊書，快速翻了起來，像在翻看免費情報誌。她一頁一頁快速翻看，突然驚呼一聲。

「書上說前面有混浴溫泉耶！」

「哦？原來這附近也有混浴。我還以為要更有祕境氣息的地方才有。」

井熊面向我，賊賊一笑，臉上多了分挑釁。

「機會難得，我們要不要一起泡澡？」

「嗄啊!?」

「哈哈哈，你的臉整個紅了耶。」

井熊哈哈大笑，我的臉越來越燙。老是被她小看，我也很不爽，決定嘗試反擊。

「也、也行啊？要泡就泡……」

「你又不是那種人，不要逞強啦。」
「井熊才是，妳故意勉強自己邀我對吧？」
井熊頓時板起臉，她把旅遊書物歸原主，豪邁地站到我面前。
「行啊，你敢放話，那我們就去泡混浴。」
咦？真的要去？
我暗自慌張，但我現在退縮，感覺會一直讓井熊掌握主導權，只好繼續保持強硬態度，起身說：「那就走吧。」
我們一起來到外頭，走向附設混浴的旅館。
那間旅館比想像中遠。我們沿著狹窄山路不停往前走，已經算得上輕度登山了。我有點擔心，不知道這條路有沒有走對。而且，這附近感覺就很有祕境氣息了。
我們在山路走了一個小時左右，終於抵達目的地。這間旅館外觀很古老，很有昭和、甚至明治時期的風情。旅館前方有一座溫泉，看起來就像戶外游泳池，看不到任何客人。
「混浴溫泉，就是指這座？」
我問道，井熊抱頭苦思，挖掘腦中的記憶。
「我記得書上寫有兩種溫泉。外面的溫泉要穿泳衣才能泡，裡頭的就沒規定了。」

「這樣啊……」

「那、那就走囉。」

井熊走向旅館。

真、真的要泡混浴!?

我跟在井熊身後，心臟撲通撲通亂跳。我們脫了鞋，走進旅館，順著指標前進。旅館裡裝飾許多黑白照片，以及年代久遠的家具。從外觀就猜得到，這間旅館歷史悠久，一走進去，感覺自己像是時光倒流，來到二戰以前的年代。

走廊盡頭有更衣間，再前方就是澡堂。

我和井熊同時停下腳步。眼前彷彿有一道透明防護罩，我們誰也沒前進。

「……」

「……」

她現在是什麼表情？我不動聲色，側眼偷瞥井熊一眼，接著，我在內心暗自驚呼。

井熊臉上帶著一絲膽怯。我當下就拋開無謂的堅持。

「還是別去了吧？」

「──不要，我要泡。」

「可是——」

「衣服。」

井熊說著，往前走去。

「我們、穿著衣服泡。」

「啊……呃、嗯？」

什、什麼意思？像是穿著衣服游泳那樣？這樣泡澡不就違反規定？是說穿著衣服泡澡，還算是「混浴」？

我的腦內浮現問號，但還是跟著井熊走進澡堂。

我們從旁邊穿越更衣間時，井熊脫下襪子。我當下心跳漏了一拍，但她只脫了襪子。我也模仿她，脫了襪子，塞進口袋。

我們終於進到澡堂。澡堂裡沒有半個人，光線陰暗，地板、浴池都是沒有塗裝的混凝土。牆上掛著很大的天狗面具。

氛圍嚇傻了我。井熊捲起褲管，拿起放在附近的小木桶，舀起溫泉沖洗腳部，之後緩緩把腳伸進浴池。

「啊，不行，水好深，褲子會溼。」

她當場收腳，又蹲在浴池前，把手伸進浴池裡。

呃……這是在做什麼？我們是來幹麼的？

「麥野，你也過來啊。」

「啊，嗯。」

我來到井熊旁邊蹲下，下意識也把手伸進溫泉裡。這座溫泉的溫度比一般溫泉燙了一點。

「好，這樣就算泡過混浴了。」

這樣算嗎……算了，井熊都說了，就當我們泡過了。

「混浴，感覺真舒服。」

我說道，井熊突然露出難以言喻的表情。

「——麥野，你真的不喜歡男人嗎？」

啟程的第一天，井熊也問過一樣的話。她何必到現在還要確認這點？我心裡疑惑，還是點了點頭。

「我偶爾會差點忘記，麥野是男生。」

「妳說這話，我很難做反應……」

「麥野，你是怎麼看我的？」

我登時語塞，又是一題我很難回答的問題。

井熊看我遲遲答不出來，這才瞪大了眼，察覺哪裡不對勁。

「我不是『那種』意思啦！就是、那個，字面上的意思而已。你、你不要誤會喔！」

井熊吐出常見的臺詞。她只有手泡在溫泉裡，臉卻紅得像泡暈了似的。

我稍微認真想了想。

我已經把井熊當朋友，她應該也有同感。所以她是問除了「朋友」，我對她還有什麼想法。

我覺得井熊是很有魅力的女生，也許對她有一點「意思」。不過我感覺「有意思」這幾個字太局限，應該還有更適合的詞彙。夥伴？有點接近了，但更具體來說——

「應該是，戰友吧。」

「你說戰友？我們是在跟什麼戰鬥啊？」

「跟現實？」

井熊目瞪口呆，似乎沒想到我會這麼說。她點了點頭：「原來如此。」

「可是，嗯～……六十五分。」

這評價好嚴格。

「順帶一提，標準答案是？」

「你自己想啦，笨蛋～」

啪唰一聲，她朝我潑了溫泉。

我們在那須溫泉鄉待了三天，悠悠哉哉泡過一間又一間溫泉，徹底滿足之後，轉移陣地，來到宇都宮市。

宇都宮市和東京都在關東地區，但我這是第一次到宇都宮市。一條大河流過城市正中心，將城市一分為二，使整座城市的氣氛悠然舒適。大樓、公寓大廈林立河邊，風景美如畫。

我們在城市裡逛著，井熊突然開心地驚呼。

「那邊！上面寫著『滑冰中心』耶！」

我看向井熊指著的方向，的確有一道標示牌，寫著『滑冰中心』。

「要去看看？」

在我問出口之前，井熊已經往滑冰中心走去，看來她真的很想溜冰。說起來，之前聽她說過她在體育課上溜冰，也許是北方人的血液在蠢蠢欲動。

溜冰場的外觀就像體育館，走進裡頭，有賣票機和櫃檯，櫃檯內可以租借冰鞋。

「你鞋號幾號，我幫你拿鞋子。」

我告訴井熊號碼，她馬上繞進櫃檯，在溜冰鞋櫃挑起冰鞋。良久，她帶著兩個人的溜冰鞋回來。她挑得真快，可能是她急著想溜冰。

我們拎著冰鞋，快步走進滑冰場。一時之間像是打開冰箱門似的，冰涼的空氣掃過脖子。我嚇了一跳，原來滑冰場這麼冷。冰場上很多客人攜家帶眷，小孩子特別多。

井熊坐在冰場附近的長椅，開始換穿冰鞋。我也模仿她，套上冰鞋，綁緊鞋帶。

「你會穿嗎？」

「嗯，應該可以。」

「我看看。」

井熊坐在椅子上，直接前傾看向我的腳。我差點從她的衣領看到內衣，急忙移開目光。

「嗯，還可以。那就走吧。」

井熊走上冰場，輕盈地滑去。

我扶著冰場的外牆，怯生生地站在冰上。出乎意料，我感覺還站得住，便試著讓手離開牆壁。

「哇、這……」

完……完蛋了！比我想像得還滑兩倍！

喀沙、喀沙，我用冰刀一腳一步踢著冰面，死命讓身體回到牆邊。這下沒好好練習，應該滑不了。

「你再過來一點啦。」

井熊喊著我。她紮實地停在冰上，看起來很沉穩。

「沒、沒辦法！這裡好滑。」

「是你身體繃太緊了，要讓身體順著慣性走。」

「我做得到嗎……」

我再次挑戰，稍稍遠離牆壁，按照井熊的教學放鬆身體。姿勢有比較穩定，但這次變成我一直滑，停不下來。

「我、我什麼都沒做，還一直往前滑！怎麼會？冰是斜的？」

「怎麼會是斜的？你重心沉在後面，身體當然會一直前進啊。」

「為什麼這樣就會前進？」

「嗯，為什麼喔？我沒想過耶……」

井熊不解地歪著頭，我同時跌坐在地。我沿著冰冷的冰面爬回牆邊，再也不想遠離牆壁了。

「真拿你沒轍，我示範給你看。」

井熊說完，一口氣加速。

好快！而且她的動作好流暢。她傾斜身體，在冰上畫了一個大大的半圓，那斜度讓人懷疑她怎麼不會摔倒。緊接著，她又蜿蜒滑行著，穿梭在靜止人群之間。

「好厲害……」

我不自覺讚嘆道，和井熊眼神交會了片刻。

井熊咧嘴一笑，再次加速，這次改成向後滑行。我看得很興奮，她居然能倒退滑。井熊在滑行中抬起單腳，向下揮動，借力使力。

接著，輕盈跳起。

她在空中轉了一圈，著地，順勢回到我面前。

井熊雙手扠腰，得意地挺胸。

「輕輕鬆鬆。」

「妳這是職業級的耶！」

我喊得很大聲。

「妳滑得太精采，根本沒辦法當範本！妳之前學過溜冰？」

「讀小學的時候，體育老師教過我溜冰。放學後練著練著，就學會了。我其實剛才沒想到我會跳成功，真佩服我自己。」

我看著井熊自賣自誇，只能讚嘆連連。

「太厲害了……妳這麼會溜，應該朝職業選手努力啊。」

「沒辦法啦。我讀小學的時候，就有一大堆人比我厲害。而且要當職業滑冰選手，要花很多錢耶。」

「是喔……」

「我能開開心心溜冰就很滿足了。麥野也來練習啊。」

井熊說完，又滑出去了。

練習時間要多少有多少，但我已經覺得溜冰很困難。我自知自己是運動白痴，卻沒想到這麼難練。樂觀點想，幸好我是在時間暫停的時候發現溜冰很難。

我現在很難說自己溜冰溜得很盡興，但光是能欣賞井熊自在又舒暢的冰上姿態，就值得我來這趟。我就自己練習，盡量別打擾她。

我扶著牆壁，冰刀小步小步滑過冰面，發出唰唰聲。但我練了很久，還是不習慣，好難啊……

井熊看我那麼笨拙，可能看不下去，滑向了我。她手裡還拿著一支相機的三腳架。

「妳從哪裡拿來這支架子？」

「就擺在旁邊的長椅上，我就借來了。你抓著。」

井熊把折疊著的三腳架伸向我，我乖乖抓住。

「我就特別服務你一下，不要放開喔。」

井熊開始向後滑，我抓著棒子，當然被她拖著走。

「哇啊！」

我嚇得全身僵住。滑行速度越來越快。我剛才跌倒了幾次，臉頰一片紅，冷風徐徐吹過火燙的雙頰，感覺很舒服。我的身體漸漸放鬆。

抬起頭，井熊就在我面前，表情得意。她偶爾瞥向滑行方向，一邊加速，以免速度變慢。

忽然間，我腦中想像某個畫面。我和井熊身處花田，牽起雙手，一起轉著圈圈。這畫面太夢幻、太有童話風格，我不禁失笑。

「好玩嗎？」

井熊問道。

「嗯，我覺得好玩。」

井熊微笑道：「那就好。」

「麥野會滑了以後，一定也會愛上溜冰。所以我們來練習吧。」

我點了點頭，握緊三腳架。

堅硬的塑膠觸感，彷彿感受得到井熊的體溫。

我們滑了好幾個小時，兩個人都累得喘吁吁，才離開滑冰中心。手錶的時間顯示為晚上七點。

今天我們想盡量住好一點的飯店，一一逛過各種住宿地點，最後找到一間有自助式餐廳的飯店。而且餐廳現在開放給一般客人，這個時間仍擺滿餐點。

我們聽從食欲的指揮，盡情大吃大喝。牛排、熱湯、茶碗蒸、披薩、千層麵，把所有好吃的料理往嘴裡送。也品嘗過每一種甜點，吃到不想再吃。我們兩個人有生以來第一次吃得這麼飽。

井熊輕摸肚子，倚靠在椅子上。

「啊，好飽，我好久沒吃這麼多東西……」

「我也是，唔嗚，好難過……」

我們微微往前傾，撐著肚子走向客房，各自進了隔壁房間，我直接躺上床。

太幸福了。我沉浸在飯後的餘韻好一陣子。

等肚子消化得差不多，我從背包拿出筆記本。

我之前從便利商店架上偷了一本。我面向書桌，提起飯店備好的筆，在紙上振筆疾書。

我動筆幾分鐘過後，有人敲了房門。我停下筆，從椅子起身。

一打開門，只見井熊站在門外，單手拿著撲克牌盒子。

「我在大廳找到這個，一起玩牌吧。」

井熊羞澀地笑著。她偶爾露出的天真神情，總是一箭射穿我的心。她的反差就是對我特別有用。

「當、當然好，可以啊。」

井熊說著「打擾了」，走進房間。她一進屋內，就望向筆記本。

「你在寫東西？」

「嗯，記錄一下。」

我坐在椅子上，井熊也來到床邊坐下。

「等到暫停現象結束，我的記憶也許會消失。所以我在寫遊記，以防自己忘記。」

「喔喔，之前好像聽你說過。」

井熊把撲克牌倒出盒子。

「會忘記這趟旅行啊，總覺得好失落。」

「——是啊，我也會很失落。」

沉默悄然降臨。

糟糕，氣氛會變得太沉重。

我剛才並不想聊太認真的話題。

「也不一定會真的忘記。寫遊記只是以防萬一。井熊要不要也寫寫看？寫起來意外好玩喔。」

「嗯，那我也來寫。」

我說：「一定要寫喔。」井熊看我點了點頭，從我身後探頭瞧了瞧筆記本。

「你有把我寫得很吸引人嗎？」

「我只寫事實而已。剛剛正好寫到我們住進小學，妳偷摸我的手。」

「咦？那件事也要寫喔。你以後對我的印象會很差吧？」

「沒關係，我會寫很多井熊的優點。」

「是、是嗎？那就留著吧……」

我蓋上筆記本，坐到床邊。這間是單人房，只剩床上有空間給兩個人玩牌。我們可以改到別的房間玩，但井熊似乎不太在意空間小。

我們把牌攤開在床上，玩起了「Ｓｐｅｅｄ」（註３）。玩完之後，又接著玩二十一點、吹牛、對對碰、梭哈。總之就是記得規則的遊戲，全都玩過一遍。

「好，我贏了～」

井熊在玩大富豪的時候發出勝利歡呼。我是輸家，就負責洗牌當懲罰。我洗牌已經洗得很熟練了。我洗牌洗到一半，發現井熊一直盯著我看。

「怎、怎麼了？」

「我只是在想，你頭髮變長了。雖然剛見到你的時候，你頭髮就很長了。」

「喔……對，我沒去管頭髮。」

我放下撲克牌，捏起一撮瀏海。剛開始旅行的時候，瀏海只到眼睛，現在已經長到鼻子了。自從我們從函館出發，已經過了將近一個月，不剪就是一直變長。

「對了，麥野，你的頭髮可以給人碰嗎？」

「嗯……感覺在可以跟不可以之間，很模糊。我不能讓人摸頭，碰一下髮尖的話，感覺還好。」

註３　Ｓｐｅｅｄ：又譯「快速疊牌」，是一種考驗速度的雙人撲克牌遊戲。

「是喔，髮廊的理髮師幫你剪頭髮，應該很辛苦。」

「我不會去髮廊。」

「咦？喔，你是去理髮廳？」

「呃，我也不會去理髮廳……」

「嗯？所以是怎樣？」

井熊不解地問。

我想讓井熊更認識我，又怕她知道會反感。兩種想法，在我心中展開拉鋸戰。雙方打得如火如荼，最後前者的念頭以些微差距獲勝。

「那個……我希望妳聽了別太反感。」

「有、有這麼嚴重？」

井熊挺起身子坐正。

我的心臟前所未有地鼓譟著。嘴裡發乾，手微微顫抖，比之前提議維持暫停現象的時候更緊張。可是，都說到這個份上，我只能老實坦承。

我下定決心。

「其實……我是讓家長幫我剪頭髮。」

「喔……」

井熊發出不太正經的聲音。

緊接著，是一小段無聲時間。

「——咦？就這樣？」

「呃、對。」

井熊頓時無力地大喊「什麼嘛！」，然後放鬆了坐姿。

「給爸媽剪頭髮又不會怎樣，反正不花錢。」

我不禁疑惑，井熊的反應出乎我的意料。

「呃不是，可是我念到高中還讓父母剪頭髮，一般高中生應該不可能給父母剪……頂多到上小學為止。」

「是嗎？一般的確不會一直給父母剪，但剪個頭髮又沒差？我學校棒球社還有人是讓爸媽剃平頭咧。」

「平頭……好像跟我不太一樣。」

「哪裡不一樣？」

「該怎麼說，我不太會解釋……」

我一時找不到適當說法，井熊隨即板起臉，像在抗議我太扭扭捏捏。

「你不用那麼在意，總比跟爸媽關係很糟好多了吧。」

呃，我們的關係也稱不上好……「也對」、「沒這回事」，兩種答案我都說不出口，有點不知所措。

不過，幸好我有說出口。我真心慶幸一起旅行的對象是井熊，讓我可以不用在意誰幫我剪頭髮。我真的很幸運。

「——你爸媽能碰你啊。」

井熊嘀咕著，雙眼一亮。

「我也可以摸頭髮嗎？」

「咦？我的嗎？」

「沒有別人了吧？」

井熊愉快地說。

我有點苦惱。我的病不分對象，只是爸媽剪頭髮的時候會比較小心，不代表爸媽碰我就沒事。

——不過，換作是井熊的話，也許有可能……

假如讓她碰我的頭髮，我沒那麼抗拒，也許能以頭髮為契機，克服我的病。

我吞了吞口水，點頭。

「——我知道了，可以。」

「那現在就來試！」

井熊湊上前，床墊彈簧隨之擠壓，我不禁繃緊身體。

「我看看，該碰哪裡……」

井熊還沒決定要摸哪邊的頭髮。

讓她慢慢考慮，我反而會很焦慮。我心想，乾脆像在行禮一樣，頭微微往前傾。瀏海垂下來，和額頭隔了點距離。於是，井熊的手伸了過來。她還沒碰到，我的額頭卻莫名發熱。短短幾秒，卻像是拉長了好幾分鐘。

井熊的手指緩緩接近……碰了瀏海。

這、這感覺……癢得不得了！她的手指彷彿遊走在癢感和反感的邊界，說實話，摸得我很焦躁。

「哇，你的頭髮比我還滑順，有點氣人。」

她一下把瀏海捏成一束，一下用手指梳過，一下輕拉，想怎麼玩就怎麼玩。觸摸到的範圍漸漸擴大。我的神經聚焦在頭皮，感覺亂成一團。

就在我不注意的時候——

井熊的手，碰到了頭皮。

下一秒，我下意識向後彈，揮開了井熊的手。房間內響起「啪」的一聲。井熊詫異地瞪大眼，被我揮開的手僵在半空中。

周遭寂靜無聲，如同時間凍結了似的。

我花了幾秒，才回過神來。

「抱——抱歉！」

我馬上道歉，只差沒向井熊下跪。

「我、我不是那個意思，剛才……只是反射性……真的，不是討厭妳碰。」

「沒有啦，剛才是我的錯，我太得意忘形了，對不起……」

井熊緩緩放下手。她表面上若無其事，眼神卻蒙上一層哀傷的陰影。

自我厭惡與愧疚，簡直要擠爆我的心臟。我不小心揮開井熊的手，當然讓我很內疚，但這一揮，也如同一擊重拳，狠狠揍進我的腹懷。我明明已經對她敞開心胸，她比任何人更接近我，卻連她都碰不了我。

「我以為自己可以給妳碰……」

濃厚的絕望籠罩我全身。

想必我到死都是這副德行。無法感覺他人的溫暖，更牽不起別人伸來的手，只能孤獨地走向死亡。

「我好討厭我自己……為什麼我會變成這樣……」

「麥野……」

我咬緊嘴唇。我明明徹底放棄觸碰他人，內心深處卻悲哀地留存最後一絲希望。這希望如今也隨著痛，填滿了我的胸口。

「對不起，井熊……我不小心傷了妳……」

我再也說不出話，漸漸沉淪在自我厭惡的黑暗之中。

「我沒關係，真的，我沒有很在意。」

井熊說著，為我的心輕柔地披上毛毯。

「麥野老說自己有病，可是正因為你碰不了人，我才能這麼安心，放心地跟你一起旅行。麥野可能覺得很難過，覺得不能碰人是一種病，但不只有壞事啊。」

她微笑著說。

「所以，你可以繼續保持原樣，無所謂。假如你還是想治好……我會奉陪到底的。」

那抹微笑，像是原諒我的一切，好溫暖、好柔和，也讓我難過得不能自已。

「——井熊，謝謝妳。」

「沒關係啦，這不算什麼。」

她說，先不要管我的病，接著露出燦爛的笑容，彷彿能趕跑所有陰鬱氣息。

「我們明天要做什麼？」

我們隨心所欲地繼續旅行。

比方說去動物園和長頸鹿一起排排站；到主題遊樂園，闖進表演活動；去一些普通人進不去的地方探險，像是工廠、機場、軍方基地、警察局、發電廠。我們盡情享受萬物靜止的世界。

我們處處繞道，結果等到抵達足立區，也就是暮彥舅舅公寓的所在地區，已經是我們離開那須町以後的——

「呃、已經過多久了？」

「不知道耶，大概一個月？」井熊說。

「那就寫『一個月』……」

我在遊記寫下文字。

感覺遊記省略了很多細節，但就這樣好了。我們之前確實全心全意在享受這個世界，就用「享受」二字為旅程畫下終點，就很貼切了。

我蓋上筆記本，收進背包。現在我們在便利商店前面休息。我靠在「U」字形護欄的旁邊，井熊就在我身旁，雙頰內塞了滿口炸雞，吃得津津有味。

這裡已經算是東京都內。這裡不同於恬靜的北方大地，建築物填滿土地每個角落，處處看得到人。以前我很討厭城市擁擠的氛圍，但不知是我生長於此，還是時間停止的緣故，我現在覺得這感覺並不壞。

「我吃飽了。」

井熊把炸雞包裝紙扔進垃圾桶。

「從這裡還要走多遠，才會到你舅舅的公寓？」

「嗯，大概走路三十分鐘。」

「是喔，我開始有點緊張了……」

我跟井熊有同感，答說：「我也是。」

雖然中間繞了不少路，但我們終究是以暮彥舅舅的公寓為目的地，一路從北海道大老遠走來。這一去毫無收穫，我可能會很失望，但就到時再說了。我和井熊已經不再把終結暫停現象，當成最後目標。

我們離開便利商店停車場，憑藉我的記憶前進。越來越多眼熟的建築物。

「啊，這裡是I大學。到了春天，這裡的櫻花很漂亮。從這條路往前走有一間出版社，叫做『夕灯社』。」

「喔……你這樣好像當地人。」

「我就是當地人啊。」

我苦笑道。

「麥野家也在這附近嗎？」

「我家有點遠，可是我的高中就在附近。要不要去逛逛？」

「真的？我要去！」

於是我們改變方向，往我的高中前進。時間靜止之後，感覺做什麼都不需要急著來，就越來越常繞遠路。

我們過了兩個十字路口，抵達我讀的高中。這所學校的特徵，就是鑲在校舍牆上的大校徽。

「哦，這裡就是麥野的高中啊。」

井熊感嘆著，推開緊閉的校門。我也幫她一把，兩人一起走入校園。

「我每次通過這道門，心情都很鬱悶。」

我從校門走進校舍，一瞬間，以前陰暗的情緒復甦，脫口而出。井熊聞言，略帶擔憂地側了側頭，問：「因為你不喜歡學校？」

「算是，我還曾經希望掉一顆隕石砸中學校。」

「那你要不要砸破窗戶？」

「不用啦，我又不是昭和時代的不良少年……」

我們沒脫鞋，直接進了走廊。我們學校不需要換拖鞋。

高二生去修學旅行，不在學校，而一年級、三年級生現在正在上課。

「我討厭學校，但還有很多人喜歡學校，這地方對他們很重要，隨便搞破壞不太好。」

「我、我知道啦，開個玩笑而已……是說，明明是麥野先說想砸隕石的吧！」

「啊，就是這裡。」

上了三樓，往走廊走一段，就到了我的教室。

我伸手拉了門，教室門上了鎖。井熊覺得難得來一趟，還是想進去看看，我從教師辦公室拿了鑰匙來。

開了門，我們走進教室。

「這裡就是我的座位。」

我指向教室正中央的座位，接著來到自己的座位坐下。緊接著，井熊坐到我隔壁。

「這樣坐，感覺我們就像同班同學呢。」

井熊愉快地笑道。

我想像自己和井熊同班的世界。我常常缺席，井熊又看似不良少女，就算我們真的讀同一班，感覺也沒什麼交集。若不是發生異常現象，我們恐怕直到畢業，都不會有任何對話。我想到這，才深切體會到，我跟井熊能夠相遇，形同一場幻想。

「麥野，幫我去買炒麵麵包。」

井熊開口戲弄我，毀了我的感慨。

「不要，妳自己去買。」

「小氣。」

「這才不叫小氣。」

「你好古板喔～這樣不會受歡迎喔。」

「不受歡迎也無所謂，反正這裡只剩井熊。」

「是喔……不過，也對。麥野不需要受歡迎。」

「被妳這麼說，我反而不太高興……」

井熊起身，走到窗邊。她望向外頭，突然訝異地驚呼，似乎看到了什麼。

「你們中庭的顏色有點奇怪。」

奇怪？我來到井熊身旁，看向外面。下方是一片操場，種了人工草皮，草皮外圍鋪了藍色跑道。

「那是上頭鋪了特殊材質，地面比較容易乾。這附近的高中常常看到這種跑道。」

「是喔，原來是這樣。」

井熊有點遺憾地說：「那樣就沒辦法做溜冰場了。」

「我想東京應該沒有學校的中庭可以溜冰。這裡不像函館那麼冷，雪也下得不多……啊，不過——」

我忽然想起從前。

「我讀小學的時候，如果有下雪，第一堂課可以去玩雪。」

「咦？那要怎麼上課？」

「就不上課了。真的，就只是去玩雪。」

好懷念。雖然我只是在角落做雪人，還是玩得很開心。

「北海道應該沒有這種特權。」

「當然啊，北海道下雪是家常便飯。是說，好羨慕你們能停課玩雪。我也好想在東京長大。」

「函館也有優點啊。學校能溜冰，海鮮又很好吃。」

「可是東京娛樂比較多。」

「娛樂太多也是個問題，會不知道要選什麼……」

「嗯——是這樣嗎？」

井熊說，自己這心態應該是「別人碗裡的食物比較好吃」。

之後，我們在教室閒聊了一陣子，像是學校裡有某一種學生、東京和北海道的學校活動有沒有差異。全部聊過一遍之後，我看向教室門口。

「差不多該走了。」

「也對。」

於是，我們離開了教室。

我們終於來到暮彥舅舅的公寓。

現在站在公寓前方，我心中感慨萬千。我跟井熊從函館一路走來，究竟花了多少時間？我們快步上了樓梯，來到二零二號室門前，這裡就是暮彥舅舅住過的房間。

我做好準備，手伸向房門。

「……門鎖著。」

我吐槽自己，用膝蓋想也知道房間上了鎖，反而要問我自己，怎麼會以為房間開著沒鎖？

「鑰匙在哪裡？」井熊問。

「唔嗯，去我家應該找得到……」

要跑到我家拿鑰匙，要來回一段很遠的距離。就算我們有用不完的時間，跑來跑去還是很麻煩。

正當我煩惱該怎麼辦，井熊似乎想到了點子，說：「不然這樣好了。」

「這裡是二樓嘛。我們乾脆爬到陽臺，砸破窗戶吧。」

她怎麼這麼想砸窗子……我心裡疑惑，但實際上只剩這個方法。這棟公寓很老舊，防盜措施不太嚴謹，從二樓闖進房間並不難。我們擅自闖進去會給公寓管理員添麻煩，但也無可奈何。

「那就從陽臺進去。井熊，妳先在門口等。」

「嗯，收到。」

我把井熊留在房門前，自己繞到公寓後方。

接著攀上一樓陽臺圍欄，腳搆著雨水排水管往上爬，隨即進入二零二號室的陽臺，簡單得嚇人。

幸虧窗戶沒上鎖，我不用砸玻璃窗。我脫了鞋，走進屋內。

屋子還維持原樣，似乎還沒開始整理舅舅的遺物。屋內沾染著油畫用油的氣味，令人懷念。我穿過客廳，從屋內開了門鎖。

「打、打擾了。」

井熊有點緊張，脫了鞋，走進走廊。她左顧右盼，來到客廳。

客廳很整齊，突顯暮彥舅舅莫名嚴謹的性格。客廳似乎找不到線索，那最有可能有線索的地方，應該是西式房間，暮彥舅舅把那間房間當作畫室。

我拉開房間和客廳之間的拉門。

「哇啊。」

井熊驚呼道。

西式房間的牆面掛滿了畫。這些畫應該全都出自暮彥舅舅之手。畫的數量顯然比我之前來的時候多上不少。

房間內側只有一面畫布板蓋了布。這面畫布板比其他的大上兩倍，而且不知為何，只有這面畫布板四周整理得特別乾淨，彷彿一面被供奉的聖畫。

我和井熊互看了一眼，又面向那面畫布板。我走上前，拉開布。

那幅畫，畫了一隻巨大的蜜蜂。

蜜蜂氣勢逼人，像是隨時要從畫裡飛出來咬人，讓人彷彿聽得見振翅聲。畫裡的時間應該是黃昏，橘紅夕陽映照著蜜蜂。仔細一看，那隻蜜蜂是由無數垃圾拼湊而成。壞掉的電視機、電風扇，還有招牌、椅子的一部分，拼湊出蜜蜂的形狀。

這幅畫栩栩如生，但又不是照片那種真實的感覺，很難形容。畫家細膩地在畫布上，重現蜜蜂現身時，那種強烈的存在感與震撼力。總之，這幅畫非常精湛。

還有，不知為何……我感覺這幅畫莫名地親切，甚至讓我有種既視感，喚醒了某種奇妙的感覺，這感覺是——

「『琥珀的世界』……」

這個詞彙，無意間脫口而出。

暮彥舅舅和我的最後一通電話，他提到了這個詞。

難不成，這幅畫就是「琥珀的世界」？

「麥野。」

我聽見有人喊了我的名字，我回過頭。井熊指著書桌，書桌上有一本筆記本。

我靠近書桌，翻開筆記本。神經質又尖銳的文字填滿了頁面，這一定是暮彥舅舅的字。我和井熊坐在地上，讀起筆記本的內容。

為了整理思緒，我決定開始寫日記。

那是三天前的事了（以手錶做依據，手錶以外的時鐘都不會動）。時間突然停住了，我只能用這句話來形容。所有東西突然靜止。時間是下午五點。

很安靜。

我到街上逛了一陣子，除了我以外，沒有任何東西會動。人、物品、動物，全都僵住不動。我突然覺得，自己會不會已經死了？比方說突然有輛車撞進人行道，我不明所以就死了。可能只有死掉的人類，才會在這種時間暫停的世界到處徘徊。不過，我走路走久會累，時間久了，肚子也會餓。

我還活著，應該還活著。

「暮彥舅舅也跟我一樣……」

除了我和井熊，還有人體驗過暫停現象，而且還是我的親戚。

筆記本的紀錄保持日記形式，從下一頁起，開始記錄了這個靜止的世界。建立假設，驗證，從結果導出暫停現象的法則。東西離手之後幾秒會停住？受暫停影響的範圍有多大？保存能量的法則變成什麼樣？甚至推測出暫停現象的條件，以及解除方法。紀錄維持了好幾週。

而內容對我而言，如同對答案。

暫停現象的開關，果然是絕望與希望……

我手邊有一幅畫，標題是「琥珀的世界」。這幅F80號（註4）的畫布，不知何時占據了我房間的最內側。不過，我不記得我畫過這幅畫。我甚至不記得我準備過這幅畫的畫材，也不知道自己怎麼挪出時間，畫出這幅畫。

這時我做了一個假設。

假如過去也曾發生時間暫停，我就是在暫停的時間裡畫出「琥珀的世界」。這假設實在太脫離現實，而且無法解釋我為什麼失去畫了畫的記憶。但說也奇妙，我卻覺得很合理。假如我是第二次碰到時間暫停，就能解釋為什麼我面對這狀況，莫名冷靜。

那幅蜜蜂畫，果真是暮彥舅舅提到的「琥珀的世界」。

而且，雖說只是推測，暮彥舅舅以前曾經歷暫停現象。他一定跟我一樣，失去時間暫停期間的記憶。

——而且最奇怪的地方，就是外頭很亮。時間一旦停止，光子應該會停止作

註4　F80：畫布尺寸，為長一四五點五公厘，寬一百一十二公厘的長方形。

用。但是太陽依舊燦爛，舉起手還感受得到溫度。說到奇怪，還有空氣。為什麼我還能正常呼吸？假設只有我周遭數公分的距離內，時間還正常流動，我一直停留在相同的場所，應該會缺氧。但我熟睡了八個小時，仍然活蹦亂跳。還有其他疑點。電磁波中只有光不受影響？地球是否能正常自轉？重力又變成什麼樣？

我唯一能肯定的是，這現象對我而言很方便。儘管有許多不便之處，卻湊齊人活著的必要條件，彷彿有人刻意調整似的。

這也許是一份禮物。神明賜與我人生的休息時間。又或者是，為了活過殘酷未來的一段暫緩期間。

我決定將這現象，命名為「人生暫緩期（Moratorium）」。

「人生暫緩期……」

這命名方式充滿暗諷，很有暮彥舅舅的風格。而我恐懼未來，難以與現實妥協，在我看來，這名稱實在很貼切。

而在這之後某一天，日記硬生生中斷了。

想必在最後一篇日記之後，暮彥舅舅就因為急性心臟衰竭倒下了。他想必從未預料到這意外的疾病。

暮彥舅舅死前，究竟在想些什麼？還是他甚至沒餘力思考？他是不是無法對未來抱持希望，只能咀嚼孤獨與痛苦，孤單地死去？

「……太悲慘了。」

我低下頭，心痛得要裂開似的。

暮彥舅舅的一生，不該結束得這麼悲哀。早知道他會孤單離世，我應該多跟他聊聊，應該好好聽他說話。

「麥野，你看。」

我抬起頭。

井熊翻到筆記本的最後一頁。一行雜亂不堪的短暫字句，占滿了整張紙。

我不知道該如何解釋那句話。甚至不知道這句話意思是積極，還是消極。話語沉重地迴盪在我心裡。

壞掉的時鐘，就讓它保持原樣，無所謂。

我們在暮彥舅舅的公寓過了一晚，來到足立區的某座公園。公園位於城市的正中央，空間卻很寬廣，綠意盎然。我和井熊坐在大池塘前方的長椅上。

太陽暖洋洋的，很舒服，讓人想在草地上打盹。漫無目的地眺望池塘，什麼都不做，心便漸漸富足起來。

「所以我們之後要做什麼？」

井熊問道。

我摸了摸自己的下巴。

「我想想……乾脆去皇居裡頭？」

井熊噗哧一笑。

「你是說真的還假的？普通人絕對進不去那地方耶。」

「畢竟機會難得，如果不是時間暫停，有些地方根本進不去，我就想去那種地方看看。」

「我懂你的想法，可是皇居啊……麥野，你這個主意還真嚇人。」

井熊愉快地笑著。

我們至今一再吃霸王餐、私闖各種地方，除此之外，也犯了很多法律。只要時間沒有恢復流動，我們估計以後會繼續犯法。

「我們就像邦妮跟克萊德。」

井熊聽我這麼說，疑惑地歪了歪頭。

「那是誰啊？」

「美國很久以前出現的鴛鴦大盜。他們太有名，甚至有人拍成電影。他們一邊逃離警察追捕，一邊到處犯罪。」

「哦？那他們有逃到最後一刻嗎？」

「沒有，他們最後——」

此時，我不禁語塞。正因為我把自己跟井熊投射在邦妮和克萊德身上，我一時說不出鴛鴦大盜的悲慘下場。不過，看到井熊帶著純真眼神，期待著故事後續，我又不想說謊敷衍她。

「——警察很恨他們，所以他們最後都被警察射殺了。」

「哦，是喔。」

井熊說道，感覺她不太意外有這結果。

嘰的一聲，井熊靠上長椅椅背。她的目光飄向半空中，微微瞇起眼。

「也對啦，人不可能一直隨心所欲地活著嘛。」

她這番話太過實際，感覺我全身的內臟稍微變沉了些，另一方面，我也同意她的說法。

井熊她很清楚。

這趟旅程總有結束的一天。

這也是理所當然的。我們不可能一直維持這種生活。吃飯、過夜，我們現在為了生存的所有必要行為，都有可能違法。終究會給別人添麻煩。

假如時間永遠停止，或者像末日題材的科幻小說一樣，是某種侵略者停止了這個世界的時間，我們還能合理化自己的行為，繼續偷取商店的商品，私自在旅館過夜。

但是，事實並非如此。

我們已經知道如何恢復時間。

對未來抱持希望，雖然沒辦法證實這方法有用，但是我別說嘗試，甚至沒有努力讓自己產生希望。我留戀這個世界，想要繼續停留在這，等於是賴著不特定多數人的資源，讓自己活下去。這想法不可原諒。

可是——

儘管理智知道這樣下去行不通，我還是沒動力活向未來。

現實一點也不快樂，我不想回去。

時間一流動，我又得去學校，跟人說話，忍耐，耗損心神，強迫自己適應社會。我再討厭，也不得不思考將來。我終究得學會如何讓人觸碰，或找到方法，讓我不被人觸碰也能活下去。

人太軟弱，就活不下去……或者該說，人只要還活著，就必須變強。世界處處充滿和善的話語，仍改變不了殘酷的事實。

定律，不會改變。

那我不如——

「喂，麥野。」

我抬起頭。我不知不覺又低下頭了。

望向隔壁，井熊指著自己的眉頭。

「你的眉頭擠成一團。」

「喔……」

我揉了揉眉頭，一不小心又自己陷入沉思。

「你的表情，好像在鑽牛角尖。」

「啊，嗯，是有一點鑽牛角尖。」

「幹麼啊？你說說看。」

井熊湊過來一點點，側了側頭。金髮輕搖，髮根的黑色部分，範圍比啟程時大了一點。我想起井熊之前望著鏡子抱怨，說她真想趕快重新染髮。

「我和井熊在一起，很快樂。」

井熊聞言，一臉心癢難熬的表情。

「呃，喔，不客氣。」

「可是……我現在過得越快樂，越擔心未來。等時間恢復流動，日常生活會不會像奔流一樣，把我快樂的記憶、和井熊的關係，一口氣沖得遠遠的……實際上，是真的有可能失去記憶。一想到總有一天時間會恢復流動……我就覺得好痛苦。」

「麥野……」

呼喊，帶著關心。

我的念頭剛起——

「你好陰沉！」

馬上來了一記當頭棒喝。

「嗄啊……」

「嗄什麼，真是夠了，你怎麼這麼脆弱啊？」

井熊站起身，威風地站在我面前，接著雙手扠腰，一副要開始說教的樣子。

「麥野想太多了。」

所以——她繼續說：

「接下來禁止你一個人亂想。」

「禁、禁止？」

「嗯，還有，禁止討論太負面、太沉重的事。」

「妳的要求太困難了啦。」

我忽然覺得很逗趣，不由得笑出來。井熊見狀，神情也放鬆，放下單手。

「我也會想啊，想想以後或是其他的，可是我越想越難過。一開始想，就沒完沒了。我不知道該怎麼跟爸媽相處，在學校又過得很鬱悶，還要想畢業以後的志願……我在想，就算這些問題都解決了，一定又會冒出新的事煩我。」

在這寧靜的世界裡，只剩井熊的聲音輕敲耳膜。

「我猜大家一定心裡都有不安，一直騙著自己，安撫自己活下去，直到生活變得好一點為止。所以我也要騙騙自己，麥野也這麼做吧。」

「——可是，那不就等於放棄思考？」

「才不是，我只是想認真活在當下。」

這是換句話說，只是一句漂亮話。但井熊的話慢慢剝去我身上的不安，一點又一點。她的安撫恐怕只能撐過一時。不安就如黑黴，牢牢在心底扎了根，每當我遭逢問題，就會漸漸侵蝕全身。不過，我開始能把擔憂放一邊，之後的事，之後再說。

「井熊，妳真堅強。」

井熊自豪地嘻嘻笑。

「你可以多稱讚我幾句喔。」

「妳很聰明，又成熟，還很可愛。」

可……井熊驚呼一聲，眼神左右游移。

「你騙人，怎麼會說我可愛啊……」

「妳當然很可愛。妳笑的時候會露虎牙，頭髮像披上向日葵一樣，個性很倔強，還有，偶爾會像小孩子一樣，天真無邪，這些地方都很可愛。」

「啊——！我知道了，夠了！」

她打斷我的話，手揮來揮去，臉紅到耳根子去。

「你稱讚人的時候，真的很直接耶……都不能太大意。」

井熊用手搧了搧臉，又坐回我隔壁。她的背包就放在長椅上，她從背包拿出寶特瓶，喝乾剩餘不多的水。等井熊讓自己冷靜之後，她又說：「把話題拉回來啦。」

「我還沒去過比東京更西邊的地方耶。」

「咦？」

我不禁愣道。剛才沒有聊這個吧？我還在疑惑，井熊已經害羞地繼續說：

「這樣說感覺我沒見過世面，所以我不太想承認。我認識的人多半都去過大阪或名古屋，但我沒什麼錢，我爸媽也沒帶我去過……」

井熊面向我。

「麥野如果願意的話，要不要去一趟關西？」

無風的世界，感覺吹起了微風。

我有預感，全新的旅程即將展開。

我感受著心中的鼓譟，用力點了點頭。

「好，看是關西、九州，哪裡都行，我們能走到哪，就走到哪。」

「真的？」

「嗯，乾脆來環遊日本一圈？」

井熊燦爛地揚起笑容，如花綻放。

「好主意耶！」

雖然我們途中繞了遠路，從函館到東京，大概花了快兩個月。假如走遍日本一圈，不知道要花幾個月？說不定要花一年以上？算了，不用管要花多久，反正現在時間暫停了，我想玩、想偷懶，都不會挨罵。我只需要心無旁鶩，放手享受這份幸運。

我不想太認真思考未來。

「嗯唔——」

井熊坐著伸了懶腰。她伸展四肢，呼出一口氣，同時放鬆全身。

「總覺得開始想睡了。」

她忍著呵欠說道。或許是我們已經達成當初的目的，抵達暮彥舅舅家，她顯得比較輕鬆。

「要去找住處？」

「不啦，我要午睡一下。天氣這麼好，我又去躺草地，反正蟲不會靠過來。這種時候就覺得時間停著真好。」

長椅後方的草皮茂密，草尖微微傾斜，感覺躺起來挺舒服的。

「麥野，你也要睡嗎？」

「嗯……啊，在那之前。」

我從背包拿出筆記本跟筆。

「趁我還沒忘記，我要先寫好暮彥舅舅的事。寫完我也來睡。」

「收到啦。」

井熊把背包帶到草皮上，拿背包當枕頭，躺了下來。

我把筆記本攤開在腿上，滑動筆桿。先不論旅程之後會維持多久，我一定要持續寫日記，以防萬一。

當我流暢地寫下一行行文字，筆開始斷水。文字越寫越不連貫，很難寫，該換筆了。

「井熊，妳醒著嗎？」

「嗯。」

井熊躺著回答我。她閉著眼，人還醒著。

「我的筆沒水了，我去找新的原子筆。」

「嗯，我知道了……啊。」

井熊忍著睏，撐起身體。

「你可以幫我帶水回來嗎？我剛才喝光了。」

「好，我帶幾瓶水回來。」

「謝了。」

她道了晚安，又往後躺去。

原子筆，還有幾瓶水，順道帶一點點心回來。

我把寫到一半的筆記本放在長椅上，站起身。這一趟要帶不少東西，我決定帶著背包。

我離開公園，找了找便利商店。我記得這附近……找到了。

越過十字路口，拉開便利商店的自動門。當我正要直接走向飲料櫃，眼睛停在雜誌架上的週刊。

那是漫畫週刊。我之前走進便利商店的時候，看到過好幾次漫畫週刊。每次都勾起我一點興趣，但我從沒拿起來，直接經過。

這時，我突然想來看漫畫。

不過井熊還在等我，我不打算看太久。

我拿起週刊，開頭彩頁刊了一部新連載的漫畫。我本來只想快速翻過，看到這部，不自覺認真看了起來。

看完漫畫，把週刊放回架上，我在原地出神了一陣子。

——好好看，太有趣了。

類型應該是奇幻故事。有兩名少年兵，分別隸屬於正在戰爭的兩國，他們意外一起漂流無人島，決定只在島上彼此合作。兩人一開始因為文化差異爭執不斷，漸漸認識彼此，感情越來越好。他們最後成功逃出無人島，島外的戰爭卻越來越膠著……第一話就在這裡結束。

這部漫畫沒有誇張的劇情開頭，也沒有新的故事設定，卻莫名吸引人。圖畫得好看，角色又有魅力。之後故事會怎麼發展？

我也想讓井熊看看，想跟她討論感想，悠哉地討論喜歡的角色、場景，或是哪句臺詞可能會變成伏筆。也可以像社群網站上那樣，一起探究故事的涵義，類似陰謀論那樣。

我也許是第一次興起這種念頭。我至今看到任何好作品，都只會在心中思考、品味，從沒想過推薦給別人。有一個人可以讓我分享自己的喜悅，真的很開心。我想，擁有一個重視的人，可能就是這種感覺。

就算不跟人討論，那部漫畫還是很有趣，真的很好看。我好在意故事之後會怎麼發展。

——不過……

要等時間到了下週，我才讀得到後續。

下一秒。

哐————一道鐘聲如雷動，震盪著空氣。聲音來得太突然，我嚇得心臟差點跳出來，瞬間把漫畫內容趕出腦子。

怎麼了？這是什麼聲音？

鐘聲連連響著，我腦子一片混亂。

莫名其妙。鐘聲？怎麼會有鐘聲？是誰在敲鐘？世界明明暫停了？是井熊？不不，這附近又沒有大鐘。就算有，鐘聲怎麼可能大得像在耳邊響？

那這是——

——該不會……

直覺貫穿腦門，轉變為肯定，竄過全身神經。

這是信號。

時間即將流動的信號。

也就是說——

我不小心動念，想活向未來……

不會吧!?

為什麼？難道就因為這部漫畫？

這只是一部新連載啊!?

就因為一部漫畫，我產生希望，願意活到未來，怎麼會……怎麼可能！

我衝出便利商店。糟糕了，真的完蛋了。

快點，我要趕快去見井熊——

風，呼地吹過。

行道樹的葉片彼此摩擦，發出聲響。

枝頭上的鴿子振翅起飛。仰望藍天，飛機直線前進，隨著引擎聲轟轟響，抵達地面。

「謝謝光臨！」身後傳來有朝氣的嗓音，緊接著，便利商店的開門音樂傳入耳中。身著西裝的大人避開我，往前去，似乎覺得我很礙事。

選舉宣傳車經過附近。女子的聲音透過擴音器，響遍周遭，不停重複同一句話：「敬請惠賜一票！」一輛載著置物箱的機車，發出高亢的排氣聲，越過那輛選舉宣傳車而去。

我茫然地站在原地。

「這裡是哪裡？」

終章

我修學旅行旅行到一半，中途脫隊了。

——應該是這樣沒錯。

話雖如此，我完全不記得當時發生什麼事。一回神，我人已經在東京了。真的，錢包裡的錢全部空了，智慧型手機完全沒電。幸虧提款卡還在，我到提款機提了錢，走進速食店幫手機充電。我聯絡家長，母親開車來接我。

「也就是說，茅人你瞬間移動了？」

「——應該是。」

我在車裡解釋狀況，但是母親根本不相信我。這也難怪，就連我這個當事人，都很難相信自己發生的狀況。

「原來如此，真酷，好像《七龍珠》的卡卡洛特。我其實覺得茅人變帥了。俗話說『士別三日，刮目相待』，我才一天不見你，你就變得好精壯。再幫你剪短頭髮，看起來就像極了你爸爸年輕時的樣子。是說才一會兒沒見你，你的頭髮怎麼又長長了？回去再幫你剪。」

「……」

我只把瞬間移動的事告訴母親。反正跟其他人解釋，他們也不會信。不對，我不在乎他們相不相信，我只是不想被當中二病。所以我告訴學校老師，我用自己的錢回到東京。老師嚇了一大跳，倒沒有罵我。

話又說回來，這體驗真的很神奇。

我的錢不見了，代表我應該搭了飛機，可是我身上找不到機票或收據。背包裡裝了毛巾跟衣服，但我沒有印象自己有買這些衣服。我身上還有手錶，手錶的造型明顯不合我的喜好——是說我本來就不戴手錶。

恐怕不是一句「神奇經驗」就能解釋一切。

所以，我決定開始調查。

首先是回想記憶中斷之前的狀況。我決定去問問當時在我附近的人。

就是同班的永井同學。

我為了問話，去上學了。這一去需要很大的勇氣。我原本就常常不到校上課，頭上又多了一筆從修學旅行脫隊的帳。我已經做好心理準備，等著被同學嘲笑。

不過，我杞人憂天了。

我去了學校，誰也沒有嘲笑我，甚至沒有人太在意我。

我不禁脫力。其實大家不會那麼注意別人，一想到這，我的心情輕鬆了點。

「那、那個，永井同學，可不可以打擾你一下？」

到了午休時間，我趁永井同學身邊還沒人聚過來，下定決心，找他搭話。

「喔，麥野同學，怎啦？」
永井剛從廁所走出來，一邊用手帕擦手，一邊轉過身。
「那個、就是……」
實際喊住他，我卻擠不出話來。
我讓腦子全速運轉——
「對不起，我推了你。」
決定向他道歉。
這不是我找他的主要目的，但也不算錯誤的起頭。
永井同學愣了一下，馬上想起我之前的行為，恍然大悟地笑了笑。
「沒關係啦，你有你的原因吧。我才是，不該那樣裝熟。」
「你別這麼說，是我不對。你之前那麼照顧我……」
「真的沒關係。你如果這麼在意，下次請我喝個果汁，就扯平啦。」
「呃、嗯……我知道了。」
幸好永井同學人很善良。
「你找我就這件事？」
「啊，還有，我還想問你……」

我問了自己跟永井同學同組行動時的狀況，就是我記憶中斷之前的樣子。

「嗯~等我發現，麥野已經不見了，我只記得你推了我，後來就不記得了。」

「這樣啊……」

「我幫你問問其他組員好了。」

「咦？可以嗎？」

「當然，包在我身上。下次再跟你慢慢說！」

永井之後道別了一聲，就離開了。

——他、他人好好。

經過這次對話，我開始越來越常跟永井同學聊天。我進了高中以後，第一次交到朋友。我沒想到這麼簡單就能交到朋友。看來我的社交能力、說話技巧還不算太差。

等到快要十二月，我和永井同學已經感情好到能一起吃飯。

「你還在查修學旅行那時的事？」

我們在教室吃便當，永井問了我。

「嗯，就一直很在意……」

在我調查期間，我也想起自己以前有過類似經驗，是讀小學和國中的時候。但我只是想起可能發生過，之後就沒有進展了。

「是喔，你好努力……啊，對了。」

永井同學讓我看了手機螢幕。

「你知道這個嗎？一個月之前，這影片在推特上爆紅。」

我看向螢幕。

這影片似乎是從抖音轉載到推特。一群女高中生在家庭餐廳玩一些類似擺手勢的遊戲，影片開始過了幾秒之後，桌上的沙拉突然瞬間消失。現場一陣騷動，影片就結束了。

「——這是做出來的吧？」

「我也以為是假的，但聽說這一天很多地方發生了類似的事。在靈異圈子裡好像說是什麼時空混亂了。麥野搞不好是被捲進那個現象裡？」

「你怎麼說的像是碰到塞車一樣。」

「可是，這類都市傳說很多耶。比方說人走進去就變老的隧道，或是會時光倒流的小島。還有——」

永井同學很喜歡這類靈異故事，一開口就停不下來。聽著他的話吃便當，感覺並不壞。

於是，這一天課程結束，到了放學時間。我收拾完書包，來到走廊。今天是我在追的週刊發售日。我已經註冊了漫畫的手機軟體，打算回到家就用手機慢慢看。

我滿心期待，沿著走廊前進，一個學生從後面跑過來，輕輕撞到我的肩膀，我當場發出慘叫。

兩個男生已經跑到前面去，又回過頭，一臉詫異。

「那傢伙幹麼？」

「他也嚇得太誇張了吧？」

他們拋下這些話，又跑著離開了。

周遭的學生盯著我看，好丟臉。真想找洞鑽進去。剛才這件小事，一口氣讓我的心情跌入谷底。學校果然稱不上什麼好地方。

『高中又不是義務教育，哪需要特地去上課？』

這時，我忽然想起暮彥舅舅的話。

說起來，暮彥舅舅的四十九天法會快到了。我有點吃驚，他死後已經過了這麼久？

暮彥舅舅厭世又孤僻。少了一個人代替我傾吐人生的鬱悶，還是讓人孤單。我偶爾會覺得很無助。

不過，我感覺比以前積極多了。應該是因為自己多了一些期待。像是漫畫連載、動畫開播、遊戲的發售日等等。我最近開始覺得，這些小小的期待拼拼湊湊，會成為活向明天的希望。然而，我偶爾還是會冒出一點點想死的念頭。

我從出入口走出校舍。

「嗚嗚，好冷……」

季節已經進入冬季。天空覆滿厚雲，初冬寒風從領口入侵衣內，冷得我發抖。

我在腳踏車停車場拉出自己的腳踏車，推著往前走。

當我穿越校門，正要跨過坐墊時——

「麥野！」

有人喊了我的名字。

我回頭看去，有一個穿著棒球外套的女生。她黑髮及肩，給人感覺有點中性。

她跑向我，露出安心的笑容。

「太、太好了，你在……」

我不知該作何反應，她又連珠炮地說起話。

「我這一個月發生了好多事，真的好辛苦。不過，狀況算是往好的方向走。被我推倒的那個人還活著，他也不想鬧大，所以不會告我，算是解決了。只是我還是被爸媽狠狠臭罵一頓。」

女孩搓著稍微發紅的鼻子，嘿嘿笑了笑，又繼續說：

「我也是花了很大的力氣才跑來東京喔。我打工賺了錢，坐飛機過來的。啊，我沒有蹺課喔，今天是創校紀念日。還有我之前每天都排了打工，今天也請假了，因為……我想趕快見到麥野。」

女孩的目光左右游移，似乎很害羞。

她應該——沒有認錯人，可是我不認識她。她有可能是親戚，但我完全沒印象。而且她突然說什麼推倒、告人，都是很危險的詞彙，害我起了點戒心。

這女孩究竟是誰？

她捏起自己的瀏海，神情仍然載滿難以壓抑的喜悅。

「你注意到我的頭髮？我覺得自己差不多該認真生活，就染黑了。好、好看嗎？我不太習慣黑頭髮。」

「請、請問。」

我不知所措，繼續說：

「那個，妳是……哪位？」

女孩很錯愕。她的反應，彷彿有人將她逼向懸崖邊。

「你、你為什麼要這樣說？」

「呃……」

「我們不是一起旅行嗎？我們一起走過青函隧道，我發燒，你還照顧我……我們還一起住百貨公司，一起溜冰，一起做過很多事，不是嗎？結果你居然問我是哪位……不要問這種問題啦。」

「抱、抱歉……」

我不知所措，只能道歉，女孩的神情變得更哀傷了。

「……不對，抱歉，我才應該道歉。」

她的視線漸漸往下落去。

「麥野果然不記得了。我很想問你為什麼丟著日記就走了，但你大概也不記得為什麼……哈哈，為什麼只有我記得？真是莫名其妙……可惡……」

——我明明做好最壞的打算了。

她完全低下頭，最後語帶泣音，這麼說道。

我不認識女孩，根本不知道該說些什麼。但我看得出女孩很傷心。

我想為她做點什麼，可是我不知道該怎麼辦，愣愣地站在原地。

沉默的時間流逝而去。一些學生從校門走出來，經過我跟女孩身邊。女孩默默低著頭，沒有開口。她像在忍耐，又看似在等待什麼。

最後，女孩驀地抬起頭，像要甩開所有鬱悶。

「我已經說完我想說的，差不多該回去了。」

「咦？可是……」

「沒關係，麥野已經找到自己的希望，對吧？所以，我沒關係的。」

她難過地露出笑容，背對著我，邁步前進。

我不解地望著那道背影，看著她逐漸遠去，忽然間，我感覺體內湧起一股熱流。有人在我心中吶喊著，不能眼睜睜讓她離去！於是，我下意識地——

「井熊！」

放聲吶喊。

女孩回過頭。

她一臉驚訝，我也很訝異。井熊？這是女孩的名字？我不知道，但我無論如何都不能放著她不管。是我想要待在她身邊。

「那個……我想，我應該不認識妳……只是，該怎麼說，我不太會講……我只是覺得，我想和妳聊一聊，聊什麼都好。」

女孩瞪大了眼。

「所以，假如妳願意，我們要不要找個地方慢慢聊……？」

那雙圓睜的眼，溢出大滴淚珠。

我急忙奔向她身邊。

「妳、妳還好嗎？」

「──嗯。」

女孩用力點頭，她哭泣著，卻也笑了。

「我有好多事想告訴你，真的，好多好多事……」

我把手帕遞給女孩。

女孩接過手帕，同時，一顆光點，輕飄飄地落到我眼前。

是雪。

我和女孩仰望天空，凝視落下的雪花，望了很久、很久。

後記

我讀書的時候，非常討厭學校活動，像是修學旅行或園遊會，一去學校就很鬱悶，我甚至想過，假設新冠肺炎疫情發生在我青春期，讓學校活動越少越好，當年的我一定張開雙手歡迎疫情到來。我當然不認為發生疫情是件好事，也很希望世界能擺脫憂慮，可以快點去旅行，舉行演唱會、慶功宴之類的活動。更何況，我早就經歷過修學旅行或校園園遊會，事到如今說些「假設」的狀況，未免太輕率。

不過，多少有人覺得現在的疫情很舒暢。很遺憾，總是有學生聽見學校要停課、停辦修學旅行，會暗自鬆口氣。這些學生的安心感受太過消極，不該優先於正在受苦之人的哀嘆與吶喊。我明白這個道理，卻仍不自覺擔心那些學生。我積極表達自己跟他們有同感，好像有點奇怪，終究只能委婉表達自己的看法。我想寫出人人都能享受的作品，不過，我很希望這個故事，能與某個人的消極感受互相共鳴。

以下，致上謝詞。

責任編輯濱田編輯：

我們開始合作出書，已經過了三年。我最近發現我們的討論總是很漫長，而且跑題再跑題，但對我而言，每次討論都是往腦子輸入很珍貴的資訊。也請您今後多多關照。

Ｋｕｋｋａ老師：

謝謝您這次也畫出美妙的插圖。從我出道開始，也一直受您多方關照。您送來的插圖，總是大大激勵了我，希望未來您也能繼續畫出許多圖畫。我也會以一名普通粉絲的身分支持您。

各位讀者：

多虧各位的支持，我又順利出版一本新書。再加上今年九月（註5），我的出道作

註5　後記所涉時間指日本出版當時的時間。

《通往夏天的隧道，再見的出口》的動畫電影即將上映。對各位讀者的感謝之多，難以言盡。還請各位讀者多多支持。

那就期待與各位再相見的一天。

二〇二二年，某日，八目迷

浮文字
琥珀之秋，0秒之旅
（原名：琥珀の秋、0秒の旅）

著者／八目迷　繪者／くっか　譯者／堤風
執行長／陳君平　美術總監／沙雲佩　國際版權／高子甯、賴瑜妗
榮譽發行人／黃鎮隆　美術編輯／陳姿學　文字校對／施亞蒨
協理／洪琇菁　執行編輯／石書豪　內文排版／謝青秀

出版／城邦文化事業股份有限公司　尖端出版
臺北市南港區昆陽街十六號八樓
電話：（〇二）二五〇〇—七六〇〇
傳真：（〇二）二五〇〇—二六八三
E-mail: 7novels@mail2.spp.com.tw
發行／英屬蓋曼群島商家庭傳媒股份有限公司城邦分公司　尖端出版
臺北市南港區昆陽街十六號八樓
電話：（〇二）二五〇〇—七六〇〇（代表號）
傳真：（〇二）二五〇〇—一九七九
中彰投以北經銷／楨彥有限公司（含宜花東）
電話：（〇二）八九一九—三三六九
傳真：（〇二）八九一四—五五二四
雲嘉以南／智豐圖書有限公司
（嘉義公司）電話：（〇五）二三三—三八五二
傳真：（〇五）二三三—三八六三
（高雄公司）電話：（〇七）三七三—〇〇七九
傳真：（〇七）三七三—〇〇八七
香港經銷／一代匯集
香港九龍旺角塘尾道六十四號龍駒企業大廈十樓B&D室
電話：（八五二）二七八三—八一〇二
傳真：（八五二）二七八二—一五二九
新馬經銷／城邦（馬新）出版集團 Cite（M）Sdn. Bhd.
E-mail: cite@cite.com.my
法律顧問／王子文律師　元禾法律事務所
台北市羅斯福路三段三十七號十五樓
二〇二四年三月一版一刷
二〇二四年六月一版三刷

■中文版■

郵購注意事項：
1.填妥劃撥單資料：帳號：50003021戶名：英屬蓋曼群島商家庭傳媒(股)公司城邦分公司。2.通信欄內註明訂購書名與冊數。3.劃撥金額低於500元，請加附掛號郵資50元。如劃撥日起 10～14日，仍未收到書時，請洽劃撥組。劃撥專線TEL：(03)312-4212 ・ FAX：(03)322-4621。E-mail：marketing@spp.com.tw

國家圖書館出版品預行編目資料

琥珀之秋，0 秒之旅 / 八目 迷作；堤風譯. -- 一版. -- 臺北市：城邦文化事業股份有限公司尖端出版：英屬蓋曼群島商家庭傳媒股份有限公司城邦分公司尖端出版發行，2024.03
面；　公分
譯自：**琥珀の秋、0 秒の旅**
ISBN 978-626-377-599-2（平裝）

861.57　　112021660